LE DIEU DORÉ

ELIZA RAINE

*À tous ceux qui ont le sentiment de ne pas être à leur place.
Votre tribu existe quelque part...*

UN

— Où est-ce qu'on va ?

L'air glacial balayait ma peau alors que Dentro s'envolait dans le ciel, mon corps toujours agrippé à sa queue recouverte d'écorce. Je devinais le plaisir du dragon, son aura béate alors que ses ailes énormes se déployaient pour fendre les nuages.

Il était libre.

Moi, en revanche, je n'aurais pas pu me sentir moins libre que ça.

J'étais brisée, prise au piège d'une agonie que je n'avais jamais ressentie dans ma vie pourtant riche en douleurs.

Je ne pleurais plus, mais la fureur et le chagrin avaient gonflé en moi. Ma poitrine me faisait mal, comme si l'on m'en avait arraché des morceaux. Il ne restait qu'un désespoir creux, qui me faisait plus mal encore que n'importe quelle blessure.

J'avais touché du doigt ce qui se rapprochait le plus du bonheur.

L'amour.

Arès avait dit qu'il m'aimait. Personne ne m'avait jamais aimée. Bon sang, même moi, je ne m'étais pas aimée pendant la majeure partie de ma vie.

Mais Arès, si. Et moi aussi, je l'aimais. Nous étions bien l'un avec l'autre, en un sens. Non pas parce que nous étions identiques, mais au contraire, parce que nous ne l'étions pas. C'étaient justement nos différences qui nous rendaient parfaitement compatibles.

Nous partagions le même désir farouche de violence, de combat et de victoire, tout en nous enrichissant mutuellement.

Par les dieux, nous étions tellement doués quand nous nous battions ensemble ! Il n'y avait aucun doute dans mon esprit : nous pouvions nous aimer avec la même intensité. L'idée d'être dans les bras d'Arès, de notre amour l'un pour l'autre dans chacune de nos caresses, diffusait une douloureuse sensation acide dans ma poitrine.

Aphrodite avait tout gâché. C'était cette déesse jalouse, malveillante et cruelle qui l'avait rendu fou de rage, seulement pour me montrer à quel point il pouvait être sauvage. Elle croyait vraiment que ça me ferait fuir ?

Cette femme était vraiment trop bête. Je partageais le pouvoir d'Arès. Je *savais* combien il pouvait être sauvage. J'avais le même tempérament, la même violence larvée. Elle n'avait pas besoin de me le montrer.

Je savais déjà qu'Arès pouvait contrôler la bête de la Guerre, alors ce qu'il enfouissait en lui ne signifiait pas grand-chose pour moi. Ce qui comptait, c'était comment il *choisissait* de vivre sa vie. Ses actes, et non son potentiel destructeur. Si je devais être jugée sur ma propre sauvagerie, je crois que je ne ferais pas mieux que le dieu de la guerre.

Je me rappelai soudain quand il avait levé son pied monstrueux pour l'abattre sur mon corps sans défense. Je ne lui en voulais pas de m'avoir vidée de mon énergie et essayé de me tuer. Il n'était pas vraiment lui-même, à ce moment-là. Mais ses paroles froides qui tournaient en boucle dans ma tête étaient une vraie torture, me rappelant constamment combien la perte de son amour était douloureuse ainsi que la brutalité avec laquelle sa passion m'avait été arrachée.

Le dragon s'inclina, dans un mouvement qui attira mon attention sur le dessous de l'avion. Au loin, un océan bleu miroitait autour d'une grande île. Je distinguais de nombreuses forêts et des villes aux bâtiments blancs étincelants sur les falaises. Des quais s'avançaient au-dessus de l'eau, çà et là, où d'énormes navires étaient amarrés, leurs voiles solaires éclatantes.

C'est le royaume d'Héra, résonna la voix de Dentro dans mon esprit.

— Héra ?

Oui. Jeune intrépide, tu as une malédiction d'amour à défaire. Et la seule autre déesse spécialisée dans ce domaine, c'est Héra.

— Mais personne ne l'a vue depuis la disparition de Zeus.

Arès est son fils, expliqua Dentro d'une voix sage et douce. *Elle te recevra.*

L'espoir se mêla à la peur dans son esprit.

— Et si elle refuse ? Arès a dit que les parents ne se souciaient pas de leurs enfants, sur l'Olympe.

Héra te recevra. Un lien comme celui que tu partages avec Arès est suffisamment profond pour qu'elle en soit consciente.

Je me remémorai ce qu'Éris avait dit au sujet des liens matrimoniaux entre les dieux, tissés par Héra et incassables. La dernière fois, cette notion m'avait intriguée. Cette fois, je me raccrochai à l'idée que quelque chose me reliait encore au dieu de la guerre.

— Je croyais qu'il fallait consentir aux liens d'Héra ?

C'est le cas.

— Je n'ai jamais consenti à rien du tout.

Pas que tu le saches, mais je crois qu'il y a beaucoup de choses que tu ignores.

Un étrange malaise noua davantage mon estomac déjà mis à mal. Si Héra voulait vraiment me recevoir, je refuserais de partir avant d'avoir obtenu des réponses. J'en avais assez de laisser les autres m'expliquer qu'ils soupçonnaient tous un curieux mystère entourant mon passé, que je serais la seule à ignorer.

Le dragon vira sur l'aile et nous continuâmes vers le centre de l'île, où la forêt était plus dense.

Appelle Héra, dit-il.

— Comment ?

Invoque-la dans ton esprit.

— Je ne sais même pas à quoi elle ressemble.

Dentro laissa échapper un grognement – d'agacement ou de surprise, difficile à dire. Il se mit à vibrer et j'agrippai sa queue un peu plus fort. Soudain, dans un éclat de lumière bleue, une imposante colonne de marbre surgit des arbres en contrebas. Elle s'éleva très haut dans le ciel, avec des tourbillons sculptés ornant son sommet de style inéluctablement grec.

La colonne s'arrêta à une dizaine de mètres au-dessus des cimes, puis l'air se mit à irradier tandis qu'un temple prenait forme devant mes yeux, sur le chapiteau de la colonne. Il était somptueux, avec des colonnades ouvragées soutenant une façade triangulaire et un nombre impressionnant de marches devant les grandes portes en bois. Des motifs en forme de raisins étaient gravés sur le marbre, et à mesure que nous nous rapprochions, j'aperçus également des représentations de crabes et de paons.

Le dragon descendait de plus en plus bas, jusqu'à ce que nous arrivions devant les marches du parvis, face aux portes imposantes qui donnaient sur l'intérieur du temple. Je songeai aussitôt au tout dernier escalier que j'avais gravi, celui qui aurait pu nous tuer, Arès et moi, dans la tour de Panique. Nous l'avions vaincu ensemble, cependant, notre désir mutuel embrasant nos corps tandis que nous surmontions notre épreuve.

Dentro me déposa avec précaution sur le marbre. Mes pieds nus frémirent en rencontrant la pierre froide, l'espace d'un instant. Je portais toujours la robe, mais la jupe était déchiquetée et maculée de boue. Ischyros palpitait, chaud et réconfortant dans ma main. Le dragon baissa la tête, plaçant son œil énorme au niveau de mon visage.

— Bonne chance. Je t'attendrai ici, me dit-il tout haut, d'une voix grave et mélodieuse.

— Merci. De m'avoir sauvée, je veux dire. Arès m'aurait tuée.

— Je te devais bien ça.

— Bon, eh bien, maintenant tu ne me dois plus rien. Je ne veux pas que tu me restes redevable. Tu es libre.

— Je ne t'attendrai pas parce que j'y suis obligé, jeune femme. Je t'attendrai parce que je t'aime bien.

Son œil vert pétillait d'amusement et un pan de ma poitrine abîmée sembla guérir un peu. J'avais un ami.

— Je t'aime bien, moi aussi, répondis-je sans parvenir à lui sourire, mais infusant toute ma sincérité dans ces paroles.

— Bon, je sens que tu vas en avoir besoin.

La queue de Dentro pivota et il déposa à mes pieds le casque que nous avions récupéré dans la salle des trésors de Panique.

— Tu l'as emporté ? m'écriai-je, le dévisageant avec surprise.

— Je crois que c'est important.

— Pourquoi ? Tu sais d'où ça vient ?

— Non. Mais il dégage le même pouvoir que toi.

— La magie de guerre ?

— Non. La magie de *Bella*.

Je levai les yeux vers le dragon.

— La magie de Bella, répétai-je à mi-voix.

Ça me plaisait bien. Je me penchai pour le prendre. Mon cœur s'emballa quand je constatai combien il était endommagé. Le casque avait dû subir le choc des pieds d'Arès, car son métal était enfoncé sur le côté. Impossible de le porter.

— Ça ne devait pas être très solide pour être cabossé comme ça, dis-je en essayant de cacher ma déception.

L'armure d'Arès était indestructible.

— Garde-le quand même, me conseilla Dentro. Allez, vas-y.

Je hochai la tête en redressant mes épaules. Ischyros bourdonnait à nouveau dans ma paume, me redonnant confiance en moi. Il était temps de rencontrer la reine des Olympiens.

DEUX

BELLA

Le silence qui régnait dans le temple n'était ni oppressant ni pesant. Au contraire, c'était étrangement paisible en comparaison avec mon tourment intérieur. Les portes immenses s'étaient ouvertes d'elles-mêmes dès que je m'en étais approchée. De l'autre côté, un long bassin courait au centre du vaste espace caverneux, rempli d'une eau turquoise joyeuse et vibrante. J'avais envie d'y plonger mes doigts tout en m'avançant. Des paons évoluaient sur le marbre, se déplaçant entre les colonnes gigantesques qui soutenaient le plafond. Mon regard suivit les colonnes vers le haut, où de longs chevrons étaient taillés dans la pierre, laissant passer les rayons de lumière vive qui illuminaient le temple. Tout au bout, après le bassin, se dressait une statue en or massif représentant une belle femme à la bouche fière et souriante, la sagesse dans ses yeux rendue avec subtilité dans la pierre. Elle portait une toge et une grande couronne, ses pointes redoutables agrémentées de plumes de paon.

C'était Héra. J'en avais l'absolue certitude.

— Bella.

Une voix de femme aux accents graves retentit dans le temple. La statue se mit à irradier d'une lumière aux tons bleu canard.

Je posai instinctivement un genou à terre.

— Ma Reine, répondis-je, les mots franchissant mes lèvres sans même que je les entende.

Pourtant, je ne me sentais pas forcée de les prononcer. Je me renfrognai en me redressant. C'était une forme de mémoire musculaire, quelque chose que j'avais fait depuis si longtemps que je n'hésitai pas un instant.

— Tu t'en souviens.

— Je me souviens de quoi ?

— Que tu n'es pas née du monde des mortels. Tu le sais. Tu as de nombreux souvenirs de l'Olympe, longtemps refoulés.

— Où êtes-vous ?

Je jetai un œil autour de moi à la recherche d'un mouvement, mais il n'y avait que de foutus paons.

— Je regrette de ne pouvoir être avec toi, mais mon temps est très mobilisé en ce moment. Tout comme ma force.

Elle avait ajouté ces quatre derniers mots d'un air contrit.

J'avais envie de lui demander ce qu'elle voulait dire, mais des questions plus urgentes se bousculaient dans ma bouche.

— Comment briser la malédiction d'Arès ?

— Je suis contente que tu me poses cette question.

Il y avait une note d'approbation dans sa voix.

— Tu dois rendre visite à Héphaïstos. Aphrodite est sa femme et il en sait plus sur sa magie que moi, ou que quiconque d'ailleurs.

Je sentis mes sourcils remonter sur mon front sous l'effet de la surprise.

— Vous me demandez d'aller voir le mari d'Aphrodite ? Il doit sûrement détester Arès. Pourquoi voudrait-il l'aider ?

— Ce n'est pas à nous de juger les relations des autres. Le mariage d'Aphrodite et d'Héphaïstos ne regarde qu'eux.

Je sourcillai, penaude d'avoir été remise à ma place.

— Oh.

Après avoir dégluti, un peu gênée, je posai la question qui me brûlait les lèvres :

— Héra, suis-je liée à Arès ?

Il y eut une longue pause avant qu'elle ne réponde :

— Tu le sais. Tu le sens.

— Est-ce vous qui nous avez liés ? Est-ce l'un des souvenirs que j'ai perdus ?

— Non. Vous avez été liés par des pouvoirs hors de mon contrôle. Et de plus d'une manière. Le lien qui vous permet de partager votre pouvoir est physique, limitée par la distance. Vous ne pouvez partager votre magie qu'en compagnie l'un de l'autre.

Je hochai la tête, consciente que c'était vrai. Dentro m'avait sauvée de la soif de sang d'Arès. Il m'avait emmenée assez loin pour qu'il ne puisse pas me soutirer ma magie.

— Cette connexion provient du pouvoir de guerre que vous partagez, et ce n'est pas inédit. C'est le même procédé qui permet à Arès de partager ses pouvoirs avec les Seigneurs. Mais le lien entre vos âmes est différent, comme je suis capable d'en créer entre amoureux. Une fois que l'amour réciproque aura pris vie, vous pourrez vous percevoir à distance et savoir si l'autre est heureux, triste ou furieux. Sans lui, tu ne seras plus jamais, jamais entière. J'ignore comment vous étiez destinés à être ensemble, mais j'ai fait mon possible pour que mon fils te trouve. Pour qu'il trouve le bonheur. Il ne le sait peut-être pas, ou du moins, ne le croit pas, mais c'est la vérité.

— Dites-moi qui je suis, comment j'ai atterri dans le monde des mortels ? demandai-je malgré moi.

— Tout comme tu es liée à Arès, je suis liée à la prophétie. Tu dois trouver ton propre chemin vers ta vérité.

Une vague de colère me submergea à cette réponse, et je m'efforçai de la réprimer. Elle ne m'était pas plus utile que Zeeva.

— Oh, Enyo, je suis infiniment plus utile que Zeeva.

Je grommelai, érigeant un mur défensif autour de mes pensées.

— Ce n'est pas juste, pestai-je avant de pouvoir me retenir.

— Tu es en visite ici, dans mon temple. Tes pensées en ce lieu m'appartiennent.

Sa voix était sèche, pleine de pouvoir. Je sentis mes genoux faiblir et resserrai les doigts autour de mon épée, m'inspirant de sa force.

— Pourriez-vous me dire autre chose ? tentai-je, les mâchoires crispées.

— Mon absence de l'Olympe n'est pas vaine. Contrairement à l'opinion générale, mon mari mérite d'être sauvé. Je ne reculerai devant rien pour cela.

— C'est un choix que je respecte, dis-je en hochant la tête.

Même si Zeus avait tout d'une véritable ordure – mais je pris soin de garder cette pensée pour moi.

Un grondement ébranla les murs et Héra reprit la parole :

— Va voir Héphaïstos. Prends ce casque avec toi. Et… aide mon fils.

Un autre éclat de lumière étincela au-dessus de la statue et la présence surnaturelle de la déesse disparut.

Bella.

Je baissai les yeux, surprise par cette voix. Une bouffée de soulagement traversa mon corps tendu.

— Zeeva.

La chatte me dévisageait en clignant lentement des yeux. *Contente de te voir en sécurité.*

— Vraiment ?

Ça t'étonne ?

Je hochai la tête.

— Parce que tu n'es jamais là quand j'ai besoin de toi ? Parce que tu débarques toujours après la bataille ?

Zeeva remua la queue. *Tu sais que je ne peux t'aider qu'à distance. J'étais dans la forêt quand Arès s'est transformé.*

— C'est vrai ?

Oui. Et si Dentro n'était pas arrivé, je t'aurais aidée. À cause de mes devoirs et de mes liens, c'est difficile de m'impliquer, mais je serais partie chercher de l'aide avant qu'Arès ne te tue. Une boule chaude s'agita dans ma poitrine à la sincérité que je pouvais entendre dans sa voix habituellement si froide.

J'avais peut-être deux amis. Un dragon et une sorte de sphinx, certes, mais c'était toujours mieux que deux humains ennuyeux à mourir.

— Tu sais comment rejoindre Héphaïstos ?

Oui. Et Dentro aussi.

— Parfait. Plus tôt nous retournerons auprès d'Arès, mieux ça vaudra.

TROIS

Nous volâmes longuement, pendant que Zeeva m'expliquait les bases des apparitions et disparitions. Il n'y avait aucun doute, je devais absolument les apprendre. Je me concentrai donc sur ses paroles avec intensité, déversant ce qu'il me restait d'énergie dans cette tâche. Je devais balayer le souvenir du regard froid dénué d'émotions chez l'homme que j'aimais.

Les disparitions étaient un phénomène dangereux, d'après Zeeva. Si je ne le faisais pas correctement, je pouvais finir séparée de mon âme. Je m'abstins de lui préciser que mon éloignement d'Arès, en ce moment, me donnait déjà l'impression d'avoir été séparée de mon âme. Je ne comprenais pas la profondeur de mes sentiments pour le dieu, ni comment une fille aussi pragmatique et méfiante que moi pouvait éprouver une telle passion pour un homme que je connaissais depuis si peu de temps. Mais ce qu'avait dit Héra tournait en boucle dans ma tête, se superposant aux leçons de Zeeva.

Vous avez été liés par des pouvoirs hors de mon contrôle.

Tout comme tu es liée à Arès, je suis liée à la prophétie. Tu dois trouver ton propre chemin vers ta vérité.

Qu'est-ce que cela signifiait ? Qui s'était mêlé de ma vie avant même que je m'en souvienne, me liant à Arès ? Et pourquoi ? Quel était le rapport de la prophétie avec tout cela ?

Arès me devait des explications. Il en savait plus que ce qu'il avait bien voulu me dire jusqu'à présent, et maintenant qu'il m'avait avoué son amour...

Son pied géant s'abattant sur moi tandis que son rugissement féroce résonnait dans la forêt inonda ma mémoire. Je fermai les yeux, prenant conscience du silence soudain de Zeeva.

Tu as peur de lui ? demanda-t-elle à mi-voix.

J'ouvris les yeux, secouant vigoureusement la tête. J'étais de retour sous la queue de Dentro, et Zeeva était assise sur son écorce à un mètre de moi, ses griffes magiques profondément enfoncées dans le bois pour garder l'équilibre. Dentro nous avait assuré que sa peau était suffisamment épaisse pour le supporter. Des nuages rose et orange pastel défilaient autour de nous, tandis qu'un vent frais me soulevait les cheveux.

— Je n'ai pas peur de lui. Je sais qu'il m'aurait tuée, mais je ne crains pas ce qui est en lui. Il a perdu le contrôle, sous l'effet d'un autre dieu. Il n'y a pas de mal à vouloir garder le contrôle.

Une lumière fit briller les yeux ambrés de Zeeva. *Et le contrôle, c'est ce qui compte pour toi ?*

— Bien sûr que oui ! On n'est rien au-delà des décisions qu'on prend. J'ai passé ma vie à faire des choix pour contenir ma force destructrice.

Et tu es d'accord avec les choix d'Arès ?

— Pas tous. Cela dit, il n'est pas cruel, ni violent au-delà de la raison, ce qu'il pourrait très bien être, au vu de son pouvoir. Il est arrogant et égoïste, mais je crois que je le serais tout autant si j'étais un dieu de l'Olympe.

J'espère vraiment que vous pourrez être ensemble. La voix de la chatte était plus douce que je ne l'avais jamais entendue et je levai la tête d'un air interrogateur. *C'est rare de voir une telle compréhension envers les pires défauts d'une personne. Un tel optimisme est de nature à changer une vie. De nombreuses vies, même.*

— Ce n'est pas difficile de le comprendre. Je partage son pouvoir. Héra m'a dit... Elle m'a dit que j'étais liée à lui, mais pas à elle. Tu sais ce que ça veut dire ?

Non. Je n'en sais rien. Je savais que vous étiez liés et que Héra s'intéresse beaucoup à vous deux. Mais pas plus.

— Et tu sais comment je peux retrouver mes souvenirs ?

À cette question, Zeeva baissa les yeux.

Je peux t'en donner quelques-uns.

Mon cœur manqua un battement alors que je dévisageais Zeeva.

— Quoi ?

Elle affronta mon regard. *Je suis avec toi depuis bien plus longtemps que tu ne le sais. Et, oui, je peux te rendre certains de tes souvenirs. Mais pas ici, pas maintenant. Tu as besoin d'espace et d'un esprit clair.*

Pour une fois, je n'objectai pas. Le plus important, c'était de me concentrer sur le retour d'Arès. Pour être honnête, j'étais presque un peu effrayée par mon propre passé. Et si je n'aimais pas ce dont je me souviendrais ? Sans compter que je me retrouverais immanquablement avec une toute nouvelle série de questions auxquelles je n'aurais pas de réponses. Je n'étais pas franchement prête pour ça.

— Pourquoi est-ce qu'on m'a confisqué mes souvenirs ?

Nous en discuterons plus tard.

— D'accord. Alors, dis-moi ce qui accapare tout le temps et la force d'Héra.

Ça ne concerne que ma reine, répondit Zeeva sur un ton solennel.

— Très bien.

Je changeai de position contre la queue de Dentro. Ma barrière magique contre son écorce urticante étant devenue une seconde nature pour moi. Je n'avais même pas besoin d'y penser pour la maintenir en place. Puisant dans ma réserve de pouvoir, je la trouvai plus chaude, plus importante que jamais. Maintenant que j'étais loin d'Arès, ma force était impressionnante.

— Parle-moi encore des apparitions. Je dois imaginer d'abord où je veux aller ? Et si je ne sais pas à quoi ça ressemble ?

Zeeva parut soulagée de répondre à mes questions. Tandis que nous reprenions les leçons, je fis de mon mieux pour mobiliser ma capacité de concentration afin de boire ses paroles, ignorant l'absence douloureuse d'Arès.

— Dragon ?

Une voix forte et gutturale tonna dans le ciel. Mon corps s'éveilla en sursaut.

— Qu'est-ce que¼

Ma question fut interrompue alors que Dentro répondait à la voix :

— Puissant Héphaïstos. Ça faisait longtemps.

Je clignai frénétiquement des paupières, essayant de chasser de mon cerveau les dernières bribes de sommeil. Mon cou était endolori et mes épaules me faisaient souffrir, mais je me penchai sur la queue qui me protégeait pour regarder en contrebas. Les cimes de trois volcans s'élevaient majestueusement au-dessus de l'océan. Je pouvais voir la lave en fusion bouillonner dans chaque cratère. Aussitôt, je me sentis fébrile. Nous étions arrivés dans le royaume d'Héphaïstos, le Scorpion.

— Héra m'a prévenu de votre arrivée.

La voix du dieu était rocailleuse, hachée, et tout sauf chaleureuse.

— Tu veux attendre ici, Dentro ?

— Si vous me le permettez. L'intérieur d'un volcan, c'est plutôt dangereux pour une créature de bois.

Il y avait un brin d'humour dans la voix de Dentro quand il répondit et je sentis mes yeux s'arrondir de surprise.

— L'intérieur d'un volcan ? demandai-je à Zeeva.

Elle se contenta de me regarder en clignant lentement des yeux.

Dentro recourba le bout de sa queue vers moi et il déposa dans mes mains le casque cabossé. J'avais glissé Ischyros comme un couteau de poche sous mon corsage juste avant que le sommeil ne me cueille.

— Bonne chance, jeune intrépide, me souffla le dragon.

L'instant d'après, le monde entier devint blanc.

QUATRE

La première chose que je perçus, ce fut la chaleur. Une chaleur intense. Je regardai autour de moi. Sans mon épée, avec le casque sous le bras, je me sentais presque nue.

En effet, je me trouvais à l'intérieur d'un volcan. C'était encore plus surréaliste que le navire volant.

La seule source de lumière, c'était une rivière orange flamboyante qui bouillonnait devant moi. J'étais à l'abri sur un rocher très foncé, presque noir, au pied de la montagne imposante. Je me dévissai le cou pour regarder en haut. Des plateformes rocheuses formaient des anneaux autour du volcan, reliées par des escaliers taillés grossièrement dans la roche. J'aperçus aussi quelques ponts entre les plateformes dépourvues d'escaliers. Des cascades de lave coulaient abondamment depuis d'énormes bassins, à chaque étage, jusqu'à la rivière de magma devant moi. Le tout me donnait une impression écrasante.

Je ne pouvais distinguer que les détails des premiers niveaux, mais j'en voyais assez pour comprendre l'origine des bruits métalliques et des cognements sourds qui retentissaient dans le volcan.

Des géants. Des colosses torse nu plongeaient des bouts de métal dans les bassins de lave, puis, armés d'énormes marteaux et tisonniers, travaillaient les pièces sur de longues tables rocheuses.

Héphaïstos était le dieu des forgerons. Ce devait être sa forge. Je pris une grande inspiration, consciente de la chaleur ambiante et de la transpiration qui me coulait dans le cou. L'odeur de soufre était étouffante et je fis appel à mon pouvoir pour l'atténuer.

— Ohé ! m'écriai-je, hésitante.

La cime du volcan était plongée dans l'ombre, sans la moindre lumière dans le ciel. Je me sentais claustrophobe, avec une folle envie d'air frais.

— Bella, fit soudain une voix.

Une silhouette sombre apparut au bord de la plate-forme au-dessus de moi. Elle bondit brusquement et je restai bouche bée en la voyant franchir sans encombre la rivière de lave pour atterrir sur le rocher, à quelques mètres de moi.

Instinctivement, je m'agenouillai en découvrant les traits d'Héphaïstos. Son visage était froid et ses traits taillés à la serpe ne ressemblaient à aucun autre. L'une de ses épaules était voûtée, lui donnant une apparence bossue, et il portait un épais tablier de cuir par-dessus sa toge noire. Un énorme marteau se balançait dans sa main droite tandis qu'il me dévisageait.

— Héra m'a dit que vous pourriez m'aider, dis-je avec tout le respect dont j'étais capable.

J'avais absolument besoin de l'aide de ce dieu. *Arès* avait besoin de lui.

— Tu t'es mis ma femme à dos, répondit-il.

Je hochai maladroitement la tête. Héphaïstos triturait le marteau entre ses mains volumineuses.

— Elle a joué avec le dieu de la guerre pendant trop longtemps. Son orgueil la rend folle, celle-là.

Il avait la voix rauque, comme s'il avait besoin de se racler la gorge, et ses yeux ne laissaient transparaître aucune émotion.

Je déglutis, regrettant l'absence de brise près de ce volcan étouffant.

— J'aimerais savoir comment briser l'une de ses malédictions.

— C'est la déesse de l'amour. Ses malédictions ne peuvent être forgées et brisées que par l'amour.

Je restai un instant interdite.

— L'amour d'Arès est justement la cause de cette malédiction. Comment cela pourrait-il aussi la défaire ?

Héphaïstos plissa les yeux avant de les poser sur le casque dans mes mains. Il avait l'air intrigué, ça se voyait dans ses iris noirs où se reflétait la lumière de la lave.

— Tu comprends que ma femme aime plusieurs hommes, n'est-ce pas ? demanda-t-il après un long silence gênant.

— Euh¼ bredouillai-je, sans trop savoir que répondre.

— L'amour est la chose la plus puissante au monde.

La voix du dieu baissa d'un ton, une mélancolie se mêlant à ses paroles.

— Tout pouvoir doit être équilibré. Aucun immortel n'est du côté du bien ou du mal. Ils doivent être les deux à la fois. Avec le grand amour viennent aussi de grandes douleurs. Et avec de grands pouvoirs vient un grand courroux. Ma femme doit porter ce fardeau.

Il me regarda dans les yeux en ajoutant :

— Pas plus toi que moi ne connaîtrons jamais l'étendue de ses épreuves.

Je me mordis la langue, comprenant ses mots et les acceptant en partie. C'était à peu de choses près ce que j'avais dit à Zeeva, quelques heures plus tôt, à propos d'Arès.

Et en même temps, je ne pourrais jamais comprendre ni pardonner cette femme qui avait agressé l'homme que j'aimais, le privant de son contrôle par pure jalousie. Chaque fois que j'avais parlé avec elle, j'avais vu la cruauté étincelant dans ses beaux yeux. Je savais bien comment elle avait traité Arès, comme un jouet, un animal de compagnie, un trophée. Héphaïstos avait peut-être raison, cela faisait partie du destin de la déesse de l'amour. Enfin, ce n'était pas une raison pour se comporter comme ça !

— Je n'en veux pas au dieu de la guerre, reprit Héphaïstos avec un soupir, m'évitant de répondre quelque chose que je risquais de regretter. Mais je ne suis pas fâché qu'il quitte la vie de ma femme. Quelles étaient les paroles de sa malédiction ?

Je me creusai la tête pour me remémorer les mots exacts d'Aphrodite.

— Elle a dit que l'amour alimentait son pouvoir, puis elle a rendu Arès complètement assoiffé de sang. Il a essayé de me prendre tout mon pouvoir en me tuant. Alors, elle lui a dit : *Si tu l'aimes vraiment, et que tu veux qu'elle t'aime en retour, elle doit tout connaître de toi, y compris des côtés les plus sombres...*

Héphaïstos hocha la tête.

— Alors, tu dois accepter ses côtés les plus sombres. Si tu l'aimes encore, la malédiction sera brisée.

— Mais je les accepte ! N'est-ce pas suffisant ?

Le doute commençait à s'insinuer en moi. Si j'en étais persuadée, mais qu'à un certain niveau inconscient, ce n'était pas le cas ?

Enfin. Ce n'était pas possible… je savais bien ce que je ressentais ! Je l'aimais.

— Arès doit le savoir. Il faut que ce soit réciproque. Il doit voir que tu acceptes ses côtés les plus sombres.

— Mais comment ? Si je m'approche de lui, il prendra mon pouvoir et me tuera.

Héphaïstos me dévisagea pendant un long moment.

— Tu crois toujours pouvoir te montrer digne de l'Olympe ?

— Toujours ?

Je clignai des yeux, essayant d'ignorer la chaleur qui m'envahissait.

— Je ne comprends pas ce que vous voulez dire.

Le dieu des forgerons leva son marteau.

— Je vais reformuler la question. Es-tu digne de l'Olympe ? De l'amour d'un Olympien ?

— Je n'en sais rien, dis-je en fixant Héphaïstos.

J'ignorais ce qu'il fallait faire pour me montrer digne de l'Olympe. Si pour cela, je devais me comporter comme Aphrodite, alors non, je n'étais clairement pas prête. Quant à être digne d'Arès…

— Tout ce que je sais, c'est que je l'aime. Je ferai mon possible pour le sauver, pour qu'il sache ce que je ressens.

— Je t'aiderai, mais tu devras le mériter.

— Je ferai n'importe quoi, dis-je, envahie par le soulagement.

Héphaïstos tendit la main, laissant tomber son marteau sur le rocher dans un claquement retentissant.

— Donne-moi ça, dit-il en désignant le casque abîmé dans mes mains.

Je m'avançai pour le déposer timidement dans son énorme main tendue.

— C'est moi qui ai forgé ça pour toi, il y a des années, reprit-il d'une voix douce. Seulement, je ne savais pas que c'était pour toi que je le soudais, à l'époque.

La fébrilité me gagna.

— Vraiment ?

— Oui. Je fabrique beaucoup de choses pour les Olympiens.

La chair de poule parcourut mes bras à ces mots, en dépit de la chaleur suffocante.

— Je ne suis pas une Olympienne.

— Non, c'est vrai.

Il quitta le casque des yeux pour me regarder.

— Si tu es capable de rassembler ce dont j'ai besoin dans mon royaume pour réparer le casque, alors tu pourras briser la malédiction et sauver Arès.

— Comment ?

— Quand tu porteras ce casque, aucun dieu ne pourra l'enfoncer, me dit-il.

Il fit un pas vers moi et mon souffle resta suspendu dans ma poitrine frémissante.

— Une armure impénétrable ? Comme celle d'Arès ?

Il acquiesça.

— Oui. Mais l'armure d'Arès protège son corps. Ce casque est différent. Il protégera tout ce qui est en toi. Ton corps sera tout aussi sensible aux influences extérieures qu'avant, mais tant que tu porteras ce casque, ton esprit, ton âme et ton pouvoir seront en sécurité.

Je compris tout à coup, mais le sens de ses mots me paraissait trop beau pour être vrai.

— Arès ne pourra pas me prendre mon pouvoir si je porte ce casque ?

— Non.

— Merci, soufflai-je, sentant la tension décroître dans mon corps. Merci beaucoup.

— Ne me remercie pas encore. Ce n'est pas facile de trouver son chemin dans mon royaume et tu auras affaire à mon général. Il n'a pas l'habitude de recevoir des visiteurs.

— Votre général ? Que dois-je faire ?

— Tu comprends que c'est une épreuve, n'est-ce pas ? Que je teste ta valeur ?

Je hochai la tête. J'avais suffisamment de force brute et de détermination pure dans mes veines pour être certaine de pouvoir réussir n'importe quelle épreuve.

— Il me faudra un lingot d'or et une plume de phénix pourpre, dit-il en brandissant le casque, minuscule dans sa paume. Je pourrai alors le réparer, et toi, tu retourneras auprès d'Arès.

— Je suis prêt. Où les trouverai-je ?

— Il y a beaucoup de volcans dans le Scorpion. Tu auras besoin de ça pour y entrer.

Un globe noir apparut à mes pieds, aussi gros qu'un caillou. Je m'accroupis pour le ramasser.

— Si tu réussis à rapporter les deux objets, tu seras renvoyée ici par apparition éclair.

Avant que je puisse lui répondre, il me renvoya hors de son volcan sans un mot d'avertissement.

CINQ

— Et merde !

Je tombais en chute libre, l'océan cristallin de plus en plus proche en contrebas. Le globe noir bien serré dans ma main, je passai mes options en revue à la vitesse de l'éclair. Manquant de confiance pour tenter une disparition contrôlée, je me préparai à l'impact.

Je fendis la surface de l'eau avec l'impression d'avoir heurté un mur de briques, avant de sombrer sous la mer. Je me débattis pour remonter, refusant de lâcher le globe. Ma jupe s'entortillait autour de mes jambes dans mes mouvements de nage pathétiques. Une ombre se mouvait au-dessus de moi, puis quelque chose plongea dans l'eau à mes côtés. La queue de Dentro s'enroula autour de ma taille et me hissa hors de l'océan.

— Quel sale connard de dieu de merde ! m'écriai-je en essayant de repousser mes cheveux mouillés sans risquer de lâcher le globe.

Dentro ricana.

— C'est vrai qu'il n'est pas précisément réputé pour sa

bienveillance. C'est un royaume interdit. La plupart de ceux qui y entrent sont tués sur le coup.

Le dragon me déplaça au niveau de son visage, le regard très sérieux. Zeeva remontait le long de son corps de serpent et s'arrêta pour me dévisager. Les embruns rafraîchissants de l'océan se mêlèrent à la brise formée par le battement des ailes de Dentro, et je pris une seconde pour savourer cette sensation de liberté toute nouvelle.

Où est le casque ? s'enquit Zeeva. *Et qu'est-ce que c'est que ça ?*

Elle renifla le globe.

— Si j'arrive à trouver de l'or et des plumes de phénix pourpre, alors il réparera le casque, expliquai-je, pleine d'espoir et d'enthousiasme. Et ensuite, il protégera mon pouvoir. Personne ne pourra rien me faire quand je le porterai.

Pas même Arès ?

— Non. Je pourrai retourner auprès de lui.

Après le chagrin que j'avais subi, je me sentais regonflée à bloc. Mon pouvoir se concentrait à nouveau, reléguant le doute et le chagrin au second plan.

— Bon, et où vas-tu trouver ce dont tu as besoin ? demanda Dentro.

— Euh... dis-je, désignant le globe. Tout ce que je sais, c'est que ça se trouve dans son royaume et que j'en ai besoin.

— Alors... commença le dragon.

Tout en réfléchissant, il battit des ailes et s'éleva au-dessus de la mer.

— Tout le Scorpion est composé de volcans. Je suppose que le globe t'indiquera le bon.

— Heureusement que tu es là, Dentro, répondis-je en

regardant attentivement la boule dans mes mains, alors que nous prenions de l'altitude. Sans toi, je serais restée ici une semaine à essayer de comprendre ce machin.

Le globe était rugueux et je distinguais un motif sur la pierre noire.

— Regarde en bas. C'est le Scorpion. Est-ce que ça t'aide ?

Suivant le conseil du dragon, j'aperçus les cimes des volcans se dresser au-dessus de l'océan. J'en comptais au moins vingt. Comment étais-je censée en choisir deux ? me demandai-je en fronçant les sourcils.

Il nous fallut cinq autres minutes de vol stationnaire au-dessus du Scorpion, et que Zeeva me demande de répéter les mots exacts d'Héphaïstos, avant que je comprenne le motif dessiné sur le globe.

— Dentro, déplace-toi jusqu'à ce que le grand volcan soit à notre droite, ordonnai-je avec enthousiasme en lui montrant le dessin.

Il prit de la hauteur, empruntant la direction que je lui avais demandée, et je brandis le poing en signe de triomphe lorsque le motif s'aligna sur les sommets qui dépassaient de l'océan en dessous.

— Super ! Le motif sur la roche est une carte des volcans ! Regarde !

Zeeva remua la queue en regardant l'endroit que je pointais.

Bien joué.

— Merci, répondis-je en inspectant la carte. L'un d'eux doit forcément être le bon...

Je passai mon doigt sur les petites bosses correspondant aux volcans. L'une d'elles était pointue, alors que toutes les autres étaient lisses.

— Je l'ai trouvée ! déclarai-je en levant le globe dans

ma main, comptant les récifs pour déterminer lequel correspondait le mieux. C'est celui-là, là. Dentro, tu peux me faire descendre ?

Identifier le bon volcan, c'était une chose. Mais y pénétrer, c'était une autre paire de manches.

Nous étions plutôt bas au-dessus du cratère et la chaleur de la lave en fusion montait jusqu'à nous. Mon corps rechignait à la perspective de retourner dans la chaleur écrasante, mais je devais accomplir cette tâche et montrer à Héphaïstos que j'étais digne de son aide.

— Je crois que tu devrais y jeter ce globe, me conseilla Dentro.

— Quoi ? Et si j'en ai besoin ?

Je suis d'accord avec le dragon, intervint Zeeva.

Je la regardai longuement, soupesant mes options. À défaut d'autre solution, je déglutis et tendis l'objet.

— Bon, tant pis.

Ramenant le bras en arrière, je lançai le globe dans la roche en fusion. Il heurta la surface dans une gerbe de lave, puis il coula lentement dans le magma.

— Ça n'a pas marché, soufflai-je en le regardant disparaître. Merde, qu'est-ce que je suis censée faire maintenant ? J'ai jeté ce foutu machin !

Soudain, la chaleur revint en force, puis la lave se mit à tourbillonner, comme si quelqu'un avait retiré un bouchon en dessous. En quelques secondes, un trou noir apparut.

— Je ne vais tout de même pas sauter là-dedans, gémis-je, atterrée.

Mais une vision d'Arès s'imposa à mon esprit, son

regard sensuel et puissant. Pour lui, je pouvais bien sauter dans un volcan. De toute façon, pour lui, je ferais n'importe quoi.

— Attends, je vais t'aider, me dit Dentro en me faisant descendre lentement vers le trou.

Quand je fus à quelques mètres de la surface, j'entendis à nouveau sa voix :

— Je ne peux pas m'approcher plus, alors bonne chance.

Sur ce, il déroula sa queue et je dégringolai.

Je réprimai un cri, matérialisant autour de moi le bouclier aux chevaux tandis que je basculais dans les ténèbres. Presque immédiatement, je sentis que mon poids était à nouveau stable, et une lueur ardente se déploya autour de moi.

Je flottais doucement dans une autre forge, à l'intérieur du volcan, semblable à celle d'Héphaïstos. Autour des cuves de lave, sur diverses plateformes, des créatures maniaient leurs marteaux et autres outils. La lave coulait du haut du volcan jusqu'en bas, remplissant les cuves puis se déversant jusqu'à un vaste bassin.

L'odeur de soufre était insoutenable et je la bloquai à l'aide de mon pouvoir alors que la force qui me faisait flotter me dirigeait vers une large plateforme. Une silhouette volumineuse était penchée sur une dalle, où elle battait un objet chauffé à blanc avec un marteau plat. L'être se retourna au moment où mes pieds touchaient le sol, et aussitôt, des vagues de chaleur provenant de la cuve me submergèrent. Je sentis mon estomac former un nœud alors que je retrouvais l'équilibre, perdant brusquement ma légèreté. Une fois bien stable sur mes jambes, je levai les yeux... et encore plus haut.

L'homme qui me surplombait était un véritable géant. Et il n'avait qu'un seul œil.

— Bonjour, lui dis-je, sentant Ischyros bourdonner contre ma poitrine.

J'avais envie de retirer l'arme de mon vêtement, mais je ne voulais surtout pas lui envoyer le mauvais message.

— C'est mon maître qui t'envoie, répondit-il. Tu avais un globe. Pourquoi ?

Sa voix était rauque et tonitruante. À l'exception de son œil unique, il avait l'air parfaitement normal – si l'on pouvait qualifier de normal une sorte de lutteur de six mètres de haut avec un short en toile de jute.

— J'ai¼ euh, besoin de rassembler quelques affaires pour lui. Je m'appelle Bella, au fait.

Il cligna des paupières et se pencha pour me regarder de plus près. L'odeur de soufre fit trembler mes défenses.

— Je suis le célèbre cyclope, Général Brontès. Je suis sûr que tu as entendu parler de moi, dit-il en frappant un poing énorme contre son torse nu.

— Bien sûr, m'empressai-je de répondre.

— Bon, alors, qu'est-ce que tu veux ?

— De l'or et une plume de phénix pourpre, s'il vous plaît.

Il arqua son unique sourcil.

— L'or, je peux t'en trouver, si tu es assez forte pour le porter.

— Ça ira, lui assurai-je.

— Tu n'as pas l'air très costaude.

Il inclina le visage pour m'observer plus attentivement.

— Eh bien, je le suis.

Il finit par hausser les épaules.

— Pour la plume, tu la trouveras dans les ateliers.

— D'accord, et ça se trouve où ?

Il tendit le doigt vers le bas.

— Là-bas, en dessous.

Je m'avançai pour jeter un œil par-dessus le bord de la plateforme.

— En dessous de quoi ?

— De la lave.

Je restai hébétée devant le bassin de roche en fusion.

— Oh. Et comment on y accède ?

— On n'y accède pas, à moins d'être un telkhine.

— C'est quoi ce truc-là ?

Il secoua la tête avant de s'éloigner au bord de la plateforme.

— Viens, me dit-il.

Aussitôt, je lui emboîtai le pas.

— Là, tu vois. C'est un telkhine.

J'ouvris grand la bouche de stupeur en voyant ce qu'il désignait. Dans la cuve voisine, il y avait une créature qui ressemblait à tout ce que mon imagination la plus folle aurait pu inventer. C'était comme si l'on avait combiné un phoque et un chien, et qu'on l'avait affublé de pattes palmées. La moitié supérieure de son corps ressemblait surtout à celle d'un chien, mais la partie inférieure était une queue de poisson massive, sur laquelle il était assis. Il modelait sur la forge un objet qui ressemblait à un filet en cotte de mailles, ses mains presque trop rapides pour que je parvienne à les suivre. Le spectacle était fascinant.

— Mon maître les a créés pour travailler dans ses forges. Ce sont des maîtres forgerons et ils peuvent nager dans la lave, expliqua Brontès.

— Waouh. Bon, alors il ira chercher la plume pour moi ?

— Certainement pas.

Je jetai un coup d'œil à Brontès.

— Pourquoi ?

— Les telkhines détestent tout le monde.

— Oh. Alors, vous pouvez le lui demander à ma place ?

— Non.

— S'il vous plaît ?

— Non. Si tu veux la plume, tu vas devoir traverser la lave pour rejoindre les ateliers toi-même.

J'ouvris la bouche pour protester, mais les paroles d'Héphaïstos me revinrent en mémoire. C'était une épreuve pour tester ma valeur. Bien sûr, ce serait trop facile si je pouvais envoyer quelqu'un d'autre à ma place.

— Bon, je vais y aller moi-même. Je peux avoir l'or, d'abord ?

— Oui, mais je pense toujours que tu n'es pas assez forte pour le porter.

— C'est ce qu'on verra, Général, ripostai-je avec détermination.

Je suivis l'énorme cyclope jusqu'à la dalle sur laquelle il travaillait. Là, il se mit à chercher quelque chose, déplaçant des morceaux de métal et des outils que je ne reconnaissais pas. Quant à moi, j'étais en nage dans la chaleur et je regrettais de porter cette foutue robe. Le corsage serré pouvait aller, et au moins, il gardait mon épée en sécurité, mais les jupes me collaient aux cuisses à cause de l'humidité.

— Tiens, dit enfin Brontès en se tournant vers moi.

Il tenait dans sa main un petit lingot d'or, à peine plus gros qu'une barre de chocolat.

— C'est tout ?

— Oui. C'est tout ce dont le puissant Héphaïstos aura besoin. L'or de ses forges n'est comparable à aucun autre.

— Je vous remercie pour votre aide, dis-je, tendant la main pour le lui prendre.

Il s'accroupit brusquement pour se mettre à ma hauteur et je faillis trébucher, surprise en voyant son œil se rapprocher de moi. Il avait une épaisse tignasse de cheveux bruns en bataille et des cils fournis.

— Quand tu mourras dans la lave, je pourrai récupérer ton épée ?

— Quoi ? Premièrement, non. Et deuxièmement, je ne vais pas mourir ! Et puis, comment savez-vous que je porte une épée ?

— Je suis le général des forgerons. Je le sens. C'est une très belle pièce.

— Oui, c'est vrai, admis-je en tendant à nouveau la main vers le lingot. Et elle m'appartient. Maintenant, s'il vous plaît, je pourrais récupérer l'or ? Je dois y aller.

Avec un regard de travers, Brontès me remit la barre de métal brillant.

— Oh, putain de merde ! soufflai-je lorsqu'il le déposa dans ma main.

Ce truc pesait une demi-tonne ! Je faillis le lâcher avant que mon pouvoir ne se mette en action, décuplant la force de mes bras et faisant luire ma peau.

— Ah, tiens. Tu arrives à le porter, commenta Brontès avant de se redresser avec un signe de tête. Enfin, ça ne t'empêchera pas de mourir dans la lave.

— Merci, très sympa !

Les sourcils froncés, je m'efforçai de ranger la petite pièce incroyablement lourde dans mon corsage. Ischyros était chaud contre ma poitrine déjà brûlante, et ce fut encore pire quand l'or le rejoignit.

Brontès se renfrogna.

— Je déteste le soleil.

— Alors, heureusement que vous vivez dans un volcan. Bon, comment j'accède aux ateliers une fois que je suis dans la lave ?

— Descends tout droit.

— D'accord. Y a-t-il autre chose que je devrais savoir ?

— Je récupérerai ton épée quand tu seras morte.

— C'est mon épée ! Ne la touchez pas ! m'écriai-je.

Puis, en secouant la tête, je me dirigeai vers les marches taillées à l'intérieur du volcan, qui descendaient vers le bassin de lave.

～

— Oh putain, quelle fournaise !

La peur me nouait les entrailles alors que je m'avançais au-dessus du bassin. Le magma bouillonnait, orangé et presque blanc par endroits. Je ne savais pas vraiment si j'étais capable de survivre à un tel plongeon. Bien sûr, j'étais immortelle, car Arès n'avait aucun de mes pouvoirs. Et je savais aussi que je pouvais utiliser mon bouclier.

Pourtant, même si je n'aimais pas l'admettre, j'étais tout de même une petite déesse. Je ne savais pas encore utiliser mon pouvoir correctement, et surtout, j'étais seule.

Arès revint instantanément dans mes pensées, comme si ma tête refusait d'accepter ce mot, *seule*. Non, je n'étais plus seule. J'avais Arès avec moi. Un homme qui pensait comme moi, qui me comprenait et m'aimait. Un homme qui ne voulait pas que je sois quelqu'un d'autre.

Avec une grande inspiration, je déployai mon bouclier autour de moi. C'était le seul moyen de le sauver de la malédiction. Si je devais nager dans cette foutue lave en fusion pour lui, alors je le ferais.

En marmonnant un juron, je sautai.

SIX

BELLA

Il fait trop chaud, je vais mourir. Mes poumons cuisaient, vides d'oxygène, alors que je m'enfonçais dans la chaleur, répétant cette phrase sinistre en boucle dans mon esprit, incapable de toute autre pensée. *Il fait trop chaud, je vais mourir.*

Rien ne pouvait survivre à cette chaleur. Je suffoquais, mes yeux brûlaient, je coulais inexorablement. Le poids de l'or m'entraînait vers le fond et mes jambes battaient en vain.

Il fait trop chaud, je vais mourir. Il n'y avait rien d'autre que le brasier autour de moi. Ma peau fondait sur mon corps, mes yeux étaient si brûlants que je ne voyais rien du tout.

Il fait trop chaud, je veux mourir. Tiens, mon mantra avait changé. Je ne pouvais plus le supporter. C'était trop. La chaleur était insupportable, il fallait que ça cesse. J'étais incapable de respirer, de bouger, de...

Mes pieds heurtèrent une surface ferme. Le disque rayé de mes pensées s'interrompit et je donnai par instinct un violent coup de pied. J'entendis un léger bruit de succion, puis la brume autour de moi décrut jusqu'à ce que je flotte dans les airs. J'atterris sur un rocher, et l'impact brutal chassa le peu d'air qu'il me restait dans les poumons. Je repris ma respiration en sentant la roche sous mon corps, essayant de m'orienter.

La pierre était chaude, mais pas brûlante.

— Oh merci, enfin !

Je roulai sur le dos, plaquée au sol avec gratitude, le souffle court. Puis j'écarquillai les yeux en découvrant les environs. On aurait dit que le plafond était composé de verre, formant une barrière entre la pièce dans laquelle je me trouvais et la déferlante de lave.

— Je peux vous aider ? Vous êtes blessée ?

Je sursautai à cette voix timide et j'essayai de me redresser. Le lingot d'or dans mon corsage pesait contre ma poitrine, m'empêchant presque de bouger, et je me tâtai à la recherche de brûlures éventuelles. À ma grande surprise, je n'en trouvai aucune.

— Euh, non, ça va, répondis-je en me redressant en position assise pour chercher le propriétaire de la voix.

Une telkhine, bien plus petite que celui que j'avais vu avec Brontès, se dressait sur sa queue à quelques mètres de moi. D'imposantes étagères garnissaient la pièce derrière elle. La lumière provenant de la lave rougeoyante au-dessus de nos têtes donnait à la scène un aspect orangé.

— Nous n'avons pas beaucoup de visiteurs, par ici. Qui vous envoie ?

Il n'y avait aucune agressivité dans la voix de cette créature, simplement de la curiosité. Mais Brontès avait dit que les telkhines n'aimaient pas les gens, alors j'optai pour la prudence.

— C'est Héphaïstos qui m'envoie. J'ai besoin d'une

plume de phénix pourpre. Savez-vous où je pourrais en trouver une ?

La petite telkhine hocha la tête avec enthousiasme, le visage radieux.

— Oui, bien sûr. Les plumes, c'est ce que je préfère.

Je m'autorisai à espérer en regardant la créature. Impossible qu'elle me veuille du mal, me dis-je alors que ses étranges mains palmées se rejoignaient.

— Comment vous appelez-vous ? demandai-je en me levant lentement.

— Mikro. Parce que je suis petite. Je suis dans les ateliers à cause de ma taille, qui m'empêche de travailler à la forge.

Il y avait une note de tristesse dans la voix joliment féminine.

— Eh bien, je peux vous dire que je préfère être ici que là-haut, dis-je en souriant.

— Vraiment ?

— Oui.

C'était un mensonge. Ici, je me sentais encore plus claustrophobe qu'ailleurs, avec la lave bouillonnante au-dessus de nos têtes, sans compter qu'il faisait tout aussi chaud. Comme si ce n'était pas assez terrible d'être à l'intérieur d'un volcan, j'étais maintenant en dessous.

Bon, c'était toujours mieux que d'être dans la lave. Un frisson me parcourut et je me secouai pour chasser de mon corps le souvenir de ma traversée laborieuse à travers le brasier liquide.

— Vous avez de la chance, vous savez. Il vous aurait fallu une éternité pour atteindre le fond sans le poids de l'or que vous portez. Et heureusement que vous possédez un objet forgé par Héphaïstos, sinon vous n'auriez jamais pu traverser le plafond, expliqua Mikro.

— C'est vrai ?

Alors, elle pouvait sentir Ischyros et l'or avec la même magie que Brontès.

— Oui. Sans cette épée, vous auriez coulé à pic et vous y seriez restée.

Cette idée me donna la nausée et je me frottai la poitrine.

— Merci, Ischyros. Une fois de plus, tu me sauves les miches, chuchotai-je.

Mikro me sourit.

— Vous rendez votre épée heureuse, et ça rend les forgerons heureux. Allez, venez, nous allons chercher votre plume.

Nous parcourûmes les rayons. Mikro parlait avec animation de son travail à l'atelier, mais je ne l'écoutais que d'une oreille. Mon corps bourdonnait encore sous l'effet de l'adrénaline, vibrant d'un espoir impatient. J'étais vaguement consciente des grosses feuilles de métal et des outils à l'apparence quasiment extraterrestre que nous croisions, mais une pensée occupait l'intégralité de mon esprit. Une fois que j'aurais la plume, je pourrais retourner chez Héphaïstos. Et alors, je serais un peu plus proche d'Arès.

— Et voilà.

Mikro s'arrêta et je regardai les étagères à côté de nous. On aurait dit un véritable carnaval magique. Des plumes de tous les genres possibles et imaginables, et plus encore, étaient disposées en éventail dans un étalage de lumière et de couleurs bariolées.

— Je comprends pourquoi vous les aimez, m'exclamai-je, émerveillée.

— C'est magnifique, n'est-ce pas ?

— Oui.

Mon regard fut attiré par une plume de paon gigantesque qui ondulait. Elle était de couleur canard, la même que la lueur de Zeeva.

— Celle-ci est réservée à Héra, expliqua Mikro avec sérieux, me faisant détourner le regard.

— Évidemment. Et lesquelles sont les plumes de phénix ?

Mikro désigna une rangée de plumes, sur l'une des étagères du bas. Je m'accroupis pour les examiner. Elles étaient aussi longues que mon avant-bras, avec un duvet doux à la base et de somptueuses courbes lisses au sommet. Je lui montrai une plume pourpre, exactement comme le panache de mon casque cabossé.

— Je pense que c'est elle.

Mikro hocha la tête avant de la prendre sur l'étagère.

— Et voilà. Continuez à prendre soin de vos armes et elles prendront soin de vous, dit-elle gaiement, me tendant la plume.

— Je le ferai. Merci.

Mais mes paroles s'estompèrent, car dès l'instant où mes doigts se refermaient autour de la plume, je disparus dans un éclair.

Le dieu des forgerons se tenait devant moi, exactement comme je l'avais vu la dernière fois, au bord du bassin de lave. Il tenait le casque cabossé, avec un soupçon de sourire sur son visage difforme.

Je penchai la tête avec respect avant de sortir le lingot de mon corsage.

— J'ai la plume et l'or.

— Bien. Maintenant, donne-les-moi.

Il tendit son autre main et je m'empressai de tout lui

remettre. Une forte puissance émanait de lui, une forme de sérénité stoïque qui se heurtait à ma propre énergie fébrile.

Le dieu se détourna de moi pour se rendre d'une démarche claudicante vers la masse de lave. Je me rapprochai, impatiente, alors qu'il s'accroupissait devant. Dans un halo de lumière dorée, il plongea le casque dans le feu liquide, avec le lingot et la plume. Je retenais mon souffle, craignant qu'il ne se brûle les mains, mais il se redressa en brandissant le casque.

Elle brillait d'un éclat aussi doré que lui. Quelque chose réagit dans mon cœur, alors que les mains du dieu prenaient de l'ampleur pour se refermer autour du métal. Une vague de chaleur – interne, cette fois, le genre de chaleur qu'Ischyros dégageait habituellement – se propagea dans mon corps alors que la lumière d'Héphaïstos devenait de plus en plus éclatante. Alors que je craignais que ma peau ne s'embrase, il écarta ses énormes doigts.

D'un geste preste, il se mit à façonner le métal assoupli, la concentration crispant ses traits fascinants par leur laideur. En quelques secondes, le casque avait retrouvé sa forme initiale et les mains d'Héphaïstos purent se rétracter. Il tendit alors son long bras, le casque soigneusement entre ses doigts. Dès que je le pris, les picotements chauds de son pouvoir me parcoururent. C'était exactement comme l'effet d'Ischyros réchauffant ma poitrine, contre laquelle il était rangé en sécurité.

— Merci, dis-je sur un ton presque admiratif. Je m'en montrerai digne, c'est juré.

— Bien. Et maintenant, va-t'en.

Pas besoin qu'on me le dise deux fois. J'avais un dieu aussi magnifique que fougueux à sauver.

SEPT

ARÈS

— Pourquoi ? Pourquoi fais-tu cela ?

Je savais que ma question, criée à pleins poumons, ne recevrait aucune réponse. Et je savais aussi que ma douleur ne ferait que trop plaisir à Aphrodite. Mais je ne supporterais pas ces tourments plus longtemps.

En songeant à Aphrodite, je sentis mes pensées s'éclaircir et toute la colère qui m'inondait les veines se diriger contre elle. Je savais ce qu'elle avait fait. Je savais qu'elle m'avait pris quelque chose – et cette chose était plus chère à mon cœur que tout le reste. Or dès que je me concentrais sur ce point, la colère revenait en force. Cette fois, ce n'était plus seulement contre la déesse de l'amour, mais contre absolument *tout*.

Je voulais tout tuer. Je voulais me battre, massacrer, prouver au monde entier que le dieu de la guerre ne pouvait être battu ni vaincu, que j'étais l'être le plus fort de l'univers. Lorsque la brume rouge finissait par retomber... je revenais à moi, toute notion du temps évaporée, le corps brisé et en sang. Je n'arrivais pas à m'en rappeler la raison, à travers ce brouillard qu'alimentait ma fureur, mais je n'avais aucun pouvoir. Pas de force divine, rien que les muscles d'un humain bien entraîné. À l'évidence, je n'étais clairement pas de taille face à la forêt environnante.

Après mon premier accès de rage aveugle, je compris que j'avais défoulé ma colère contre un arbre, à en juger par la peau déchirée et le sang sur l'écorce, ainsi que mes blessures aux mains et sur mes pieds nus.

Après la deuxième, je découvris un cadavre de loup à mes pieds, la gorge arrachée. De profondes lacérations, visiblement causées par des crocs, déchiraient la peau de mes poignets et de mes mains, aux endroits que mon armure laissait à découvert.

La troisième fois, j'avais la main droite cassée. La douleur insoutenable me donnait le vertige et la nausée.

La quatrième, ma cheville gauche était salement cassée, au point que l'os dépassait de ma peau.

Chaque fois que la rage reprenait le dessus, une plus grande part de mon corps souffrait. Bientôt, je ne serais plus capable de rester debout ni d'utiliser mes mains. Bien sûr, je savais que je réessaierais, une fois que ma soif de sang se serait apaisée.

Je pris une profonde inspiration, essayant de retenir l'image d'Aphrodite dans mon esprit en empêchant mes pensées de dériver vers ce qu'elle m'avait volé – ce dont j'avais tant besoin et qui faisait battre les tambours de mon cœur. L'image d'une femme farouche, fière et auréolée d'or envahit soudain mon esprit. Je poussai un cri lorsque ma main cassée forma un poing, malgré moi, propageant une douleur lancinante dans mon bras. Je me redressai sur le sol de la forêt, dans un brusque élan tandis que ma vision se teintait de rouge, colorant le bois morne de la couleur du sang.

La mort. La mort pour tous et la victoire pour Arès. Il n'y avait pas d'autre solution.

— Arès !

Je me retournai au son de cette voix, prêt à tuer, prêt à gagner. Ma douleur était partie et j'étais prêt. *Prêt pour la guerre.*

— Oh par les dieux, Arès.

La voix se brisa et une silhouette surgit dans le sous-bois. Je titubai avant de m'arrêter. Pendant un moment, je crus que mon cœur aussi avait cessé de battre.

Bella.

C'était Bella.

Elle portait un casque doré – je ne pouvais voir que ses yeux, mais j'étais certain que c'était elle. Les souvenirs de la femme qui se tenait devant moi défilèrent dans mon esprit, et pendant une seconde de pur bonheur, je me souvins. Et à nouveau, je tombai amoureux d'elle.

Alors que le feu se répandait en moi, une obscurité déferla dans mes veines, violente comme de l'acide.

Gagne ! Gagne ! Elle détient ton pouvoir, reprends-le ! Gagne !

La voix était assourdissante et je tendis la main, le cordon qui nous reliait étincelant de vie. Je tirai vigoureusement. C'était ce dont j'avais besoin. J'avais besoin de mon pouvoir. Ensuite, je serais de nouveau entier. Et alors, je serais fort. *Zeus allait me respecter à nouveau.*

Je devais absolument retrouver mon pouvoir.

Mais rien ne vint.

— Arès, que t'es-tu infligé ?

La voix de la femme était étouffée et je voyais la douleur emplir son regard.

— Donne-moi mon pouvoir !

Je hurlai, sourd à la douleur qui m'éraflait la gorge. Je

fis un pas vers elle, mais ma jambe céda. J'étais conscient de la sensation dans la partie inférieure de mon corps et du cri de la femme, mais cela ne fit que renforcer ma colère.

— Putain, maudit corps ! Donne-moi mon pouvoir, maintenant !

Le désespoir me taraudait, me rapprochant dangereusement de la terreur. *Pourquoi ne pouvais-je pas atteindre son fichu pouvoir ?*

— Arès, je t'en prie. Je ne peux pas te voir comme ça. S'il te plaît, laisse-moi t'aider.

— Jamais ! Je n'accepterai l'aide de personne !

Elle se rapprocha de moi, mais je tentai de la frapper. Sans succès. La colère me saisit et une rage impuissante troubla ma vision. J'étais Arès, le dieu olympien de la guerre. Je n'avais peur de rien.

— Tu as dit qu'on s'entraiderait. Tu as dit que tu m'aimais.

Ma fureur vacilla un instant et j'essayai de me concentrer sur elle, mais mon autre jambe lâcha à son tour.

— Arès, tu dois savoir que je t'aime aussi. Je ressens la même chose. Je t'aime.

Comme si j'avais reçu un coup sur la tête, je basculai en arrière. Mon armure heurta la mousse du sous-bois et mon corps perclus de douleurs rebondit, mais je ne m'en rendis pas compte. Les paroles de cette femme résonnaient dans ma tête alors que tout s'effaçait autour de moi.

Je t'aime.

Non, personne ne m'aimait. Mes sujets me vénéraient, les dieux me respectaient, mais personne ne m'aimait.

— Pourquoi ?

La question franchit mes lèvres sans prévenir alors

que ma vision tournoyait, les éclats dorés formant un mouvement flou au-dessus de mon corps prostré.

— Parce que tu es fort, fier et bon. Tu es féroce, magnifique, et tu es à moi. À moi, Arès. Et moi aussi, je suis à toi.

Une émotion intense étreignait la voix et je savais qu'elle disait vrai. J'en avais la certitude, autant que de ma mort imminente.

— Je t'aime.

Le cordon qui nous reliait s'enflamma soudain et je l'entendis crier.

— Bella !

L'inquiétude prit le dessus sur tout le reste. La brume rouge se dissipa instantanément et la fureur toxique qui m'emplissait s'évanouit dans le néant.

— Arès ! Arès, je dois te guérir.

Sa voix était à mi-chemin entre le soulagement et la frénésie. Ma vision s'éclaircit suffisamment pour que je puisse la voir soulever son casque et l'écarter de son beau visage. Ses joues baignées de larmes, elle posa ses mains froides sur ma peau brûlante.

Puis son visage se fondit dans le noir.

HUIT

BELLA

— Je t'en prie, s'il te plaît, guéris.

Mon âme souffrait alors que je contemplais le visage livide et entaillé d'Arès. Toute la peau que son armure ne protégeait pas était abîmée, déchirée et ensanglantée. L'une de ses mains était clairement cassée, ses os formant des angles douloureux, et sa cheville gauche était presque fendue en deux. Il perdait une quantité de sang terrifiante.

Je savais que c'était risqué d'enlever le casque. Si la malédiction était toujours à l'œuvre, il pourrait me vider de mon énergie. Mais il avait déjà perdu tant de sang que si j'attendais un instant de plus, il mourrait. Il n'avait aucun pouvoir, pas d'immortalité, et il était incapable de se soigner tant que je portais le casque.

Il m'avait reconnue avant de s'évanouir. Je l'avais perçu en entendant mon prénom dans sa bouche, en voyant la lueur dans son regard autrement éteint.

— Je t'en prie, guéris, répétai-je, en sanglots. S'il te plaît, souviens-toi de moi. Crois-moi. Je t'aime.

— Tiens, tiens, tiens... Comme ils sont mignons, tous les deux.

Je tournai la tête vers la voix mielleuse, consciente que c'était celle d'Aphrodite. Mon premier instinct me poussait à me lever, à dégainer mon épée pour arracher la tête de cette garce maléfique. Mais je ne pouvais pas détacher mes mains d'Arès. Il avait besoin de moi. Il ne pouvait pas me délester de mon pouvoir, je devais le déverser en lui.

La déesse de l'amour fit un pas vers nous, tel un phare de beauté et de lumière qui brillait avec éclat dans la forêt flétrie et terne.

— Va au diable, Aphrodite. S'il meurt, je te retrouverai et je te tuerai.

Elle répondit avec un sourire arrogant :

— Si la déesse toute-puissante du Chaos ne peut pas me battre, cela m'étonnerait qu'un bébé du monde divin comme toi puisse faire mieux.

À ces mots, je me hérissai.

— Tu as combattu Éris ?

Son sourire s'agrandit.

— Disons que j'ai été plus maligne qu'elle, chuchota-t-elle.

Sa voix était mélodieuse, sensuelle et irrésistible. Je dressai aussitôt mes barrières protectrices autour de mon esprit. Je ne pouvais pas remettre le casque, Arès avait besoin de mon pouvoir.

— Où est-elle ?

— Comme si j'allais te le dire. Sache seulement qu'il lui faudra un très long moment avant de rentrer chez elle.

Ma vision périphérique était teintée d'écarlate. Éris avait beau être une vraie casse-pieds, je l'aimais inexplicablement. Elle nous avait aidés, après tout, et j'étais convaincue qu'elle tenait à son frère plus qu'elle ne l'admettait.

— Mais que t'est-il arrivé pour que tu sois si cruelle ?

Les yeux d'Aphrodite s'obscurcirent.

— Il n'y a rien de plus cruel que l'amour, Bella. Moi, je procure le sentiment de béatitude le plus intense que l'on puisse ressentir. L'amour. Rien n'est comparable. Mais tout existe dans l'équilibre.

L'amertume transparut sur ses traits éthérés.

— Je suis née avec la capacité de causer plus de douleur que n'importe quel autre dieu vivant.

— Ce n'est pas une raison pour l'exercer !

Elle se redressa brusquement.

— Mes motivations ne te regardent pas, jeune fille.

— Et que fais-tu ici ?

La tension me crispait les muscles et la peur déferlait par vagues successives sur moi. Si je devais combattre, il fallait que je lâche Arès. Et cela pouvait le tuer. Je ne devais pas lâcher prise.

Cependant, je ne me laisserais pas faire sans me battre. Avec précaution, j'imaginai le bouclier aux chevaux, matérialisant par ma volonté un dôme protecteur autour de nous qu'elle ne verrait pas – du moins, je l'espérais.

Elle gloussa.

— Bella, je suis une déesse très ancienne. Je peux sentir ta pauvre magie pathétique.

Je vociférai sans relâcher le bouclier. Elle ne serait pas la première à me sous-estimer et à le regretter ensuite.

— Bon, qu'est-ce que tu veux ?

— Dire au revoir.

Sa voix était calme, émaillée d'un danger mortel.

— À Arès.

La peur me traversa et la colère prit le dessus en moi, alimentant mon pouvoir comme du carburant. Le dôme autour de nous s'enflamma et Aphrodite tressaillit.

— Tu ne le prendras pas ! hurlai-je.

À présent, je ne voyais que sa silhouette à travers le dôme enflammé qui nous entourait, mais sa voix était claire et distincte :

— Je suis aussi liée à mon pouvoir que n'importe quel autre dieu. Tu l'aimes sincèrement, et je ne peux pas interférer avec cela. Mais crois-moi, Bella, quand je te dis que je ne reculerai pas avant que vous soyez morts tous les deux.

Le feu grondait, virulent. Avec un rugissement, je dirigeai dans le dôme toute la puissance que je pouvais préserver d'Arès. Une explosion retentit, si forte que la douleur me vrilla le crâne. Tout devint blanc autour de moi. Les flammes étaient brûlantes, à présent, déchaînées comme une explosion nucléaire.

— À la prochaine, petite.

Sa voix retentit dans le sillage de la détonation, mais avant que je puisse lui répondre, je sentis Arès bouger sous mes mains. La chaleur envahit mes paumes. Je le regardai, l'espoir, le soulagement et un millier d'autres émotions au coude à coude dans ma poitrine.

— Bella.

Le lien entre nos pouvoirs se remit à fonctionner et je perçus un tiraillement dans mes tripes.

— Arès, prends-le, accepte mon pouvoir. Guéris-toi, dis-je dans un sanglot.

Il était vivant. Il avait prononcé mon prénom.

— Bella, souffla-t-il à nouveau, les paupières toujours fermées.

L'attraction devint plus forte et je détournai le regard de son visage pour le poser sur sa cheville. Le sang avait cessé de couler.

Les reflets du brasier qui nous entourait dansaient sur

son armure dorée. Je rejetai la tête en arrière, essayant d'arrêter de pleurer.

— Aphrodite ? criai-je.

Mais je savais qu'elle était partie. Quelque chose effleura ma main, collée au visage d'Arès, et je sursautai en baissant les yeux.

Sa paume était sur mes doigts, ses os parfaitement rétablis. Il regardait mon visage, fixement, pendant une seconde qui me coupa le souffle. Je craignais atrocement que la malédiction n'ait pas été brisée. Je retenais mon souffle. Enfin, il parla :

— ... à moi.

Je savais qu'il ne parlait pas de la magie. Un amour intense et profond était visible sur son visage. C'était de moi qu'il parlait.

J'étais à lui.

NEUF

BELLA

— Je croyais que j'allais te perdre, soufflai-je en serrant son visage un peu plus fort.

— Jamais. Je ne te perdrai jamais et tu ne me perdras jamais.

Sa voix était plus forte, à présent, l'attirance exercée sur mon pouvoir enfin stable.

— Tu étais si... mal en point.

Une boule de la taille d'une balle de golf semblait s'être logée dans ma gorge.

— Je ne pouvais pas supporter de te voir dans cet état.

La honte envahit ses traits, mais ses yeux ne quittèrent les miens qu'une fraction de seconde.

— Je suis vraiment désolé que tu m'aies vu comme ça. Je... je sais que j'ai essayé de te tuer.

Il avait l'air dégoûté de lui-même.

— Non, tu te trompes, lui dis-je. C'était voir ton corps brisé, la vie qui te quittait. Ça, je ne pouvais pas supporter de le voir.

Le beau visage d'Arès se fronça avec perplexité.

— Et la soif de sang, alors ? La rage, la fureur aveugle ?

Je lui répondis avec un petit sourire, en haussant les épaules.

— Je savais que tu avais ça en toi dès le premier jour de notre rencontre. C'est ta capacité à le contrôler qui fait que je t'admire autant.

La confusion disparut de son visage, remplacée par l'émerveillement.

— Je n'ai jamais connu quelqu'un comme toi, chuchota-t-il.

— Même chose pour moi.

— Pendant toutes ces années...

Il laissa sa phrase traîner en longueur, la peur dans les yeux.

— Quoi ? Qu'est-ce que tu veux dire ?

Ce fut à mon tour de froncer les sourcils.

— Simplement que j'aurais aimé qu'on se retrouve plus tôt.

Mes épaules se détendirent.

— On s'est retrouvés maintenant, c'est tout ce qui compte.

— Aphrodite ne nous rendra pas la vie facile, précisa-t-il en essayant de se redresser.

À contrecœur, je relâchai son visage, l'aidant à relever ses épaules. C'était presque un poids mort et il devint à nouveau livide. Malgré tout, il persévéra. Sa mâchoire se décrocha quand il regarda autour de lui.

Nous étions assis dans une sorte de cratère. Le feu de forêt crépitait doucement autour de nous.

— Que s'est-il passé ?

— J'ai... euh, j'ai provoqué une explosion. Pour essayer d'empêcher Aphrodite de te tuer.

Arès me regarda en clignant des yeux et je répondis avec un geste évasif :

— Je crois que ça a marché.

Mon sourire s'effaça alors que ses mots me revenaient en pleine face.

— Elle s'est battue avec Éris et elle prétend qu'elle a gagné. Elle a dit qu'Éris ne pourrait pas rentrer chez elle avant longtemps.

La colère embrasa le visage du dieu, mais elle fondit aussitôt lorsqu'il prit ma main dans la sienne.

— Éris est forte. Nous l'aiderons si possible, mais seulement après avoir terminé ce que nous avons commencé.

— Les épreuves d'Arès, dis-je à mi-voix.

— Quand nous serons libérés de ces jeux infâmes, nous pourrons...

Il ne termina pas sa phrase, le regard hanté.

— Je ne suis pas amoureuse de Joshua, dis-je précipitamment, redoutant soudain qu'il pense que je le quitte si nous sauvions mon ami.

— Je sais. Tu m'aimes. Je le sens.

Sous son regard, la chaleur envahit mon corps.

— Mais nous devons terminer les Épreuves.

— Oui, dis-je en acquiesçant. Je ne peux pas laisser Joshua sans âme, victime d'un démon dévoyé. C'est mon ami. Et on doit te trouver ce Trident.

— Bella, je... j'ai beaucoup de choses à te dire.

Une fois de plus, je hochai la tête.

— Je sais. J'ai vu ta mère.

Il se raidit.

— Quoi ? Et qu'est-ce qu'elle t'a dit ?

— Que nous étions liés, mais pas par elle. Que j'ai perdu la mémoire et que la prophétie ne lui permet pas de m'en dire plus. Qu'elle t'aime, aussi.

Arès ferma les yeux. Un arbre craqua à proximité,

perdant sa bataille contre les flammes. Un bruit sourd retentit quand le tronc tomba au sol.

— Bella, j'ai besoin que tu me fasses confiance. Tu dois attendre la fin des Épreuves avant que je te dise ce que tu veux savoir.

— Pourquoi ?

Il ouvrit les paupières, ses yeux braqués sur les miens.

— Parce que si nous échouons aux Épreuves, l'un de nous mourra certainement. Seul l'un de nous deux peut être immortel.

— Et en quoi ça t'empêche de me parler de mon passé ?

L'appréhension me traversa et j'en eus l'estomac noué.

— S'il te plaît, Bella. Fais-moi confiance.

On aurait dit que ces paroles lui faisaient mal et je crus bien déceler de la culpabilité sur son expression crispée.

Mais je lui faisais confiance. C'était plus fort que moi.

— Tu me rends nerveuse, lui dis-je. C'est si grave ? Ce que tu refuses de me dire, c'est grave ?

Oui, c'était clairement de la culpabilité.

— C'est... disons que ce n'est pas bon. Il te faudra du temps pour comprendre. Du temps et de l'attention que nous ne pourrons pas nous permettre tant que les épreuves ne seront pas terminées, tant que le démon ne sera pas renvoyé et que ton amie ne sera pas en sécurité.

Je réfléchis un moment. Il ne mentait pas, n'enjolivait rien, ce qui renforçait ma confiance en lui – même si cela renforçait ma crainte. Il était pragmatique, fidèle à sa nature.

Pour la première fois depuis mon arrivée sur l'Olympe, je me demandai s'il était possible que je n'apprenne jamais *d'où* je venais ni pourquoi j'avais vécu si longtemps malheureuse loin d'Arès et de l'Olympe. Si c'était aussi grave que cela en avait l'air, je préférais peut-être ne pas savoir, tout compte fait.

De toute manière, Arès avait raison sur un point. Il était plus urgent de nous assurer que Joshua était en sécurité et qu'il pourrait recouvrer son pouvoir et son immortalité. Je savais combien le mental et la concentration étaient importants dans un combat. Ses paroles résonnaient dans mon esprit. *Si nous échouons aux épreuves, l'un de nous mourra sûrement.* J'avais survécu aussi longtemps sans savoir ce qu'il ne voulait pas me dire. Cette connaissance ne valait pas la peine que je risque nos vies, ou celle de Joshua, pour le moment.

— Bon, d'accord. On emmerde les Seigneurs en assurant aux putains d'Épreuves, et ensuite tu me diras tout.

Un sourire se dessina lentement sur les lèvres d'Arès, qui lâcha un soupir de soulagement.

— Tu dis un peu trop de gros mots, tu sais.

— On me l'a déjà dit.

Une ombre passa derrière Arès et je sursautai avant de reconnaître la silhouette de Dentro.

— Je vais être honnête, jeune intrépide, je me faisais une joie de détruire moi-même cette fichue forêt, dit le dragon.

— Désolée, Dentro. C'était un accident.

— Beau travail.

— Merci, dis-je avec un sourire.

— Mais je voulais te prévenir, Panique n'est pas content. Et la plupart des anciens habitants de la forêt non plus. Je vous conseille de quitter Skotadi au plus vite.

Je regardai Arès.

— Tu es assez fort pour nous téléporter ?

— Oui. Je pense.

— Merci pour tout, Dentro, dis-je en me levant, la main tendue.

Lentement, le dragon glissa sur le sol calciné. Son corps volumineux semblait repousser les braises. Il s'arrêta près de moi et baissa la tête jusqu'à ce qu'elle se pose contre ma paume. Une satisfaction béate déferla dans mon corps.

— C'est moi qui te dois des remerciements. Appelle-moi en cas de besoin, toi aussi.

DIX

La disparition et la réapparition qui suivit achevèrent d'épuiser les forces d'Arès. J'étais trop occupée à amortir sa chute, le voyant tomber à genoux, pour voir où nous nous trouvions.

— Arès !

— Ça va, ça va, bafouilla-t-il.

Puis ses yeux se révulsèrent et il sombra dans l'inconscience, glissant le long de mon corps. Son poids faillit m'emporter avec lui.

— Putain, pestai-je en essayant de l'allonger en douceur.

Il avait les joues colorées et ses blessures étaient guéries. Je savais que ce n'était qu'un coup de fatigue, même si cela n'atténuait en rien ma panique.

Je remarquai le sol au moment où j'y posai délicatement la tête. Un bois riche et luisant. Des planches... Je levai les yeux au ciel, examinant mon environnement. J'étais sur le pont d'un navire. Au-dessus de ma tête, des voiles solaires éclatantes se détachaient sur un ciel bleu et nuageux. Je sortis Ischyros de mon corsage. Sa lame scintilla immédiatement avant de se transformer.

Le déplacement éclair d'Arès avait-il mal fonctionné ? Quelqu'un d'autre nous avait-il renvoyés sur le bateau du démon ?

En tournant prudemment sur moi-même, je me rendis compte que je n'étais *pas* sur le navire du démon. Celui-ci n'avait qu'un seul pont arrière surélevé, beaucoup plus petit, tandis que la proue formait un triangle pointu, à l'image d'un drakkar viking. Le pont était d'un bois plus riche et plus sombre, et les moulures au-dessus de la porte, quelques mètres plus loin, étaient en or étincelant. À y regarder de plus près, il y avait des armes gravées sur l'un des deux mâts. Le navire dégageait une impression d'opulence arrogante.

Alors, c'est la maison secrète du dieu de la guerre ?

La voix de Zeeva ne me fit pas sursauter – preuve que je commençais à m'habituer à la voir surgir de nulle part.

— Une maison secrète ?

Tous les dieux ont leurs palais publics, et les endroits où ils aiment réellement passer leur temps. En général, ce sont des lieux gardés secrets. Un mouvement attira mon attention et je me tournai pour la voir se diriger vers le bastingage. Je la suivis et jetai un œil par-dessus bord.

— C'est merveilleux, soufflai-je.

En contrebas, sous les nuages, flottait une île qui ressemblait à un patchwork de petits mondes différents. Une jungle s'étendait sur les falaises, au sud-est, et je repérai des déserts sablonneux nichés entre des étendues de landes et des chaînes de montagnes enneigées. Une forêt terne au centre noirci m'intrigua tout particulièrement.

— Skotadi. Le royaume d'Arès.

Oui.

— Fabuleux.

Terrible, répondit la chatte sur un ton ironique.

Soudain, j'eus la nette impression que je devais partager ce moment avec Arès. Je m'empressai de retourner auprès de lui. Le monde en dessous ne s'en irait pas, et je voulais attendre une visite guidée par le dieu en personne.

— Je dois l'installer plus confortablement. Il a besoin de repos.

Puisant dans ma force magique, je parvins à lui faire franchir la porte et descendre une petite volée de marches.

— Bon sang, ton armure est tellement lourde ! dis-je au dieu inconscient.

Je pénétrai dans un couloir lambrissé terminé par une imposante double porte. Elle était assez grande pour que je sois certaine qu'il y aurait une belle pièce juste derrière, et j'empruntai cette direction.

J'avais raison. La chambre était non seulement belle, mais véritablement majestueuse.

Des étagères en acajou longeaient les murs, comme une cage thoracique, devant d'immenses baies vitrées. Des nuages scintillants flottaient tout autour de nous et un tapis rouge pelucheux occupait l'intégralité du parquet, flanqué de deux énormes canapés en cuir noir. Je portai Arès sur l'un d'eux et l'y étendis avec précaution, avant de me retourner pour regarder plus attentivement la pièce. Deux autres portes massives se trouvaient en face de l'entrée, avec de part et d'autre des armoires remplies d'armes – une lance lumineuse, un arc au fil d'or étincelant, un marteau de guerre dont les gravures évoluaient sous mon regard.

Les étagères qui barraient les parois vitrées du bateau étaient chargées de livres, de petits objets d'artisanat étranges et d'innombrables bouteilles variées.

— Zeeva, lequel de ces produits est du nectar ?

Cette substance m'avait remise sur pied quand j'étais épuisée.

— Derrière toi. Troisième étagère.

C'était la voix d'Arès qui venait de me répondre et je me tournai vers lui, le cœur battant.

— Tu es réveillé !

— Oui.

— Tant mieux ! Alors, on est où, merde ?

Il se redressa, encore un peu groggy.

— Chez moi.

— Tu m'as dit que tu aimais les bateaux, pas que tu vivais dedans !

Je me dirigeai vers l'étagère qu'il avait indiquée, trouvant le nectar et des verres en dessous.

— Ce bateau-ci reste au même endroit. J'ai une vue imprenable sur l'Olympe, d'ici.

— Je vois ça. Tu veux bien me montrer quels sont les différents royaumes ?

Je me tournai vers lui, deux verres à la main, incapable de contenir mon excitation.

— Bien sûr, répondit-il en souriant. Je n'ai pas l'habitude d'un tel enthousiasme.

Je fronçai les sourcils en m'asseyant à côté de lui, lui passant son verre.

— C'est bien ou mauvais ?

— C'est bien. Tellement, tellement bien ! J'avais oublié ce qu'étaient la joie et l'enthousiasme. Jusqu'à ce que je te rencontre.

Je sentis mes joues s'empourprer et le bonheur se

lover dans mon ventre. Cet homme n'avait aucun filtre avec ses pensées, et apparemment, c'était aussi le cas pour son côté fleur bleue.

— Eh bien, tant mieux, parce que tout le monde n'apprécie pas mon enthousiasme. On m'a déjà traitée d'hyperactive agaçante, tu sais.

— Sûrement un connard.

Je partis d'un rire retentissant.

— Eh ! C'est mon mot, ça. Tu n'as pas le droit de l'utiliser.

— Ça commence à me plaire.

— Moi, c'est toi qui commences à me plaire, dis-je sur un ton taquin.

Aussitôt, je me sentis ridicule. Arès était le dieu de la guerre, un géant, une vraie légende. Comment pouvait-on flirter avec un dieu ?

— Je te plais, c'est tout ? Laisse-moi te donner encore plus envie que ça.

L'avidité luisait dans ses yeux à présent très lucides et je déglutis. Apparemment, on pouvait tout à fait flirter avec ce dieu.

Arès vida son verre de nectar, le regard toujours espiègle.

— Viens, me dit-il avant de se lever en me tendant la main.

Je la pris, m'attendant à ce qu'il me conduise à travers la double porte fermée, mais au lieu de ça, il se dirigea vers les portes par lesquelles nous étions venus. Je tournai la tête, croisant le regard de Zeeva.

Je vais vous laisser seuls tous les deux, me dit-elle avec une pointe d'amusement dans la voix.

Nous émergeâmes sur le pont quelques minutes plus

tard et Arès fit une pause pour prendre une grande inspiration. Puis il m'attira vers le bastingage, son regard alter-
nant entre moi et l'île en contrebas.

— Mon royaume, ma femme, dit-il, le visage grave,
empreint de solennité.

Un tambour battait au loin. *Ma femme.* J'étais *sa*
femme.

— Alors, tu te sens mieux ? demandai-je, le souffle
court.

Une flamme s'alluma dans ses yeux.

— Avec ton pouvoir dans tout mon corps, je me sens
même invincible. Avec toi, je sens que je peux tout
accomplir.

D'autres flammes s'animèrent dans ses yeux et le
tambour battit de plus belle. Arès s'étira sur le côté, et en
un clin d'œil, son armure tomba avec fracas sur les
planches. Sa chemise était déchirée et imprégnée de sang,
et son pantalon flottait à sa taille. Je levai la tête vers ses
cheveux emmêlés et son regard féroce. Il semblait avoir
été entraîné en enfer et en être ressorti de justesse. *En
ayant survécu.* C'était la vision la plus torride qu'il m'ait été
donné.

La chaleur envahit tout mon corps, et instantanément,
une douleur se fit sentir. La passion et l'intensité que nous
avions vécue au château me revinrent comme un raz-de-
marée. Il fit un pas vers moi, me surplombant de toute sa
hauteur.

— Tu as mis mon univers sens dessus dessous. Tu
m'as poussé à remettre en question tout ce que je pensais
savoir. Tu m'as aussi attiré de nouveaux ennemis. Et
surtout, tu m'as donné une raison de *vivre*.

Les tambours battaient de plus en plus fort, mon cœur
à l'unisson. Mon pouls s'accélérait tandis que j'affrontais

son regard de braise – sa puissance, sa force, sa présence pure et simple me dominaient tout entière. J'étais à lui. Complètement et éternellement. Jamais je n'avais éprouvé un tel besoin.

— Tu es tout pour moi, me dit-il dans un râle, la voix éraillée par le désir.

L'instant d'après, il avait refermé ses bras autour de moi et ses lèvres s'écrasaient sur les miennes. Il m'embrassa avec une intensité presque frénétique et je lui rendis son baiser, mon envie aussi fébrile que la sienne. Ses mains étaient dans mes cheveux, autour de mon visage, tandis que les miennes remontaient le long de son torse, se frayant un chemin entre nous. J'étais désespérée de sentir sa peau chaude contre la mienne, d'avoir la confirmation que tout cela était bien réel.

Il s'écarta enfin, hors d'haleine, pour passer sa chemise par-dessus sa tête tandis que je griffais légèrement ses abdominaux durs comme la pierre. Je me mordis la lèvre lorsqu'il passa les pouces sous la ceinture de son pantalon, le baissant lentement.

— Putain de merde, soufflai-je tout haut, sans même m'en rendre compte.

Le ciel pur de l'Olympe et les voiles solaires en or liquide du bateau s'effaçaient devant la nudité d'Arès. Il était parfait. Épais, long, et tellement rigide.

Un grondement monta de sa gorge, puis il m'attira à lui pour tenter de retirer ma robe au corsage ajusté. Je ne pus empêcher mes propres doigts de se tendre vers lui et je retins un petit cri lorsqu'il se crispa à mon contact. Il était si volumineux que ma main n'en faisait pas le tour.

— Oublie la robe, dis-je dans un souffle, le lâchant un instant pour retrousser la jupe autour de ma taille.

Je refusais d'attendre un seul instant de plus.

Arès passa son énorme bras autour de ma taille, puis me retourna de l'autre, pressant mon front contre les grilles et son torse dans mon dos. De l'autre main, il saisit ma mâchoire et ramena ma tête en arrière. Pendant une seconde, je crus que mes genoux allaient se dérober lorsque sa bouche chaude entra en contact avec mon cou, ses dents m'éraflant la peau alors qu'il descendait jusqu'à mon épaule. Je retroussai mes jupes et baissai ma culotte, gémissant lorsqu'il se présenta contre mes fesses nues.

— Bella, gronda-t-il, se plaçant entre mes cuisses et me pressant encore plus fort contre le bastingage.

Il ne cessait de ramener ma tête en arrière pour pouvoir m'embrasser.

— J'ai besoin de toi, murmurai-je contre ses lèvres.

Il s'enfonça de quelques centimètres dans ma moiteur.

— Je t'aime, souffla-t-il en retour.

L'instant d'après, sa bouche prit la mienne et il me pénétra vigoureusement.

Un plaisir que je n'avais encore jamais ressenti me traversa et je lâchai un cri alors qu'il m'embrassait. Son bras autour de ma taille se resserra et il me plaqua contre lui tout en allant et venant, exerçant une pression sur mon sexe exposé. Ses lèvres me couvraient de baisers tandis que je haletais sous ses attentions, déclenchant la chair de poule dans mon cou, sur mes épaules et tout mon corps, comme si mes terminaisons nerveuses étaient directement reliées à mon cœur. Des vagues successives de sensations et de plaisirs nouveaux affluèrent en moi et j'agrippai la rampe si violemment que mes articulations blêmirent, alors qu'une force surpuissante montait en flèche.

Il allait de plus en plus vite, imprimant un rythme de tambour, et je me perdis complètement dans le plaisir. Ses doigts accélérèrent tandis que ses coups de reins ralentissaient, et soudain, chaque mouvement me parut si incroyable que j'explosai autour de lui, un gémissement que je ne reconnaissais même pas jaillissant de ma gorge. Mes jambes se dérobèrent en cet instant et le bastingage craqua.

Avant que la peur ne puisse détourner mon attention des palpitations de plaisir intense qui me parcouraient de la tête aux pieds, Arès me souleva dans ses bras. Je protestai mollement en sentant qu'il se retirait, mais quelques secondes plus tard, il m'avait plaquée contre le mât principal et il ramena toute sa longueur entre mes cuisses.

— Putain, tu es magnifique, dit-il dans un souffle entre deux baisers, reprenant ses va-et-vient avec encore plus de puissance.

Le contrecoup de mon orgasme qui s'estompait déjà se réveilla, et je fus plongée dans un état de bien-être que je ne comprenais même pas, ballottée entre deux pics de soulagement, dans le fleuve de délice où m'emportait chaque coup de langue, de ses doigts et de son membre.

Quand je le sentis convulser, puis lâcher un rugissement de plaisir, mon second sommet d'extase fut presque instantané et je serrai les cuisses autour de lui, enfouissant mon visage dans son cou. J'étais épuisée, mais c'était délicieux, et surtout, tout nouveau pour moi.

— C'est trop bon, soufflai-je contre sa peau alors qu'il me pressait contre le mât, nos corps luisants de sueur.

— Putain, oui ! confirma-t-il d'une voix rauque.

— C'est grossier, ça, commentai-je en relevant la tête pour le regarder dans les yeux.

Je me rendis compte en cet instant que sa peau était

dorée, et je discernai dans ses yeux une expression que je pris pour une intense satisfaction.

— Ça en valait la peine. Tu es magnifique.

Je l'embrassai avec douceur, mes lèvres chaudes et gonflées.

— Je t'aime, murmurai-je lorsque nous nous séparâmes enfin.

Un tambour isolé retentit au loin alors qu'Arès me regardait droit dans les yeux.

— Je t'aimerai toujours.

ONZE

BELLA

— Et ça, c'est quoi ?

Penchée par-dessus la rambarde, je désignais un terrain vague aux allures de toundra, à la pointe nord-ouest du Bélier, très loin en dessous.

Arès resserra les mains autour de ma taille avant de répondre, ramenant mon dos contre son torse nu.

— C'est Pagos. Et tu vois, cette chaîne de montagnes juste un peu plus loin ? C'est le royaume de Terreur.

Un profond malaise m'oppressa la poitrine et je me blottis dans la chaleur d'Arès tout en regardant les montagnes enneigées. J'avais délibérément évité de penser à la dernière épreuve, refusant que la bulle de bonheur que je vivais à bord du navire d'Arès prenne fin.

— J'imagine qu'ils ne tarderont pas à l'annoncer, dis-je tout bas.

— Non, en effet.

— Terreur est le pire des Seigneurs, n'est-ce pas ?

Ce n'était pas vraiment une question.

— C'est le plus fort, et le plus difficile à contrôler aussi.

— Et qu'est-ce qu'il va nous demander, d'après toi ?

Je sentis qu'Arès haussait les épaules derrière moi.

— Quelque chose de terrifiant, sans doute. Mais nous sommes plus forts, Bella. Nous étions déjà forts avant, quand nous étions l'un contre l'autre.

Il me saisit aux épaules pour me tourner lentement vers lui.

— Pense à quel point nous pouvons être forts ensemble.

— Comme quand on a combattu l'Hydre, chuchotai-je.

— Oui.

— Arès, seul l'un de nous deux peut être immortel. Et... je ne sais pas ce que tu ressens, mais...

Je m'interrompis en voyant la détermination sur son visage.

J'ignorais comment formuler ce que je pensais. Ni même si je devais dire ce que j'avais sur le cœur.

Tous les combattants avaient une ou deux faiblesses. Ce n'était pas possible de ne pas en avoir. Mais les plus doués en avaient très peu. *Presque* rien à perdre. Il devait pourtant y avoir quelque chose en jeu, sinon personne ne se battrait, bien sûr, mais pour les gagnants, c'était souvent une simple question de fierté ou d'ego.

À vrai dire, je ne m'étais jamais battue pour des enjeux aussi élevés, et avec autant à perdre.

Arès pouvait mourir. Et au fond, je savais déjà que je ne le permettrais pas. Si je devais risquer de le perdre pour mener ma propre vie, je savais ce que je ferais.

C'était de la folie, putain ! Autour de moi, les gens tombaient amoureux souvent dans une vie. Je connaissais ce mec depuis une semaine à peine, et j'avais encore de sérieuses réserves sur certains traits de sa personnalité.

Notre relation n'avait pas pu atteindre si rapidement le point où nous étions prêts à mourir l'un pour l'autre, si ?

Je brûlerais le monde entier pour le garder en vie.

Cette pensée transperça le doute et les hésitations, avec une clarté brutale et implacable. J'étais certaine à 99 % qu'il en ferait de même pour moi. Impossible de le nier. Sa vie était liée à la mienne, comme par une marque au fer rouge dans mon âme.

— Je n'aime pas te voir si grave, chuchota Arès, se penchant pour m'embrasser.

Ce geste fut comme un électrochoc pour mes inquiétudes tenaces, qui se dissipèrent dans les ombres de mon esprit.

Une chose à la fois, Bella, m'intimai-je en me laissant aller dans son étreinte.

Nous profitâmes pendant trois longues heures du navire, seuls au monde tous les deux, avant que la présence menaçante de Terreur ne s'impose à nos esprits.

Une colère froide m'envahit à cette intrusion. Plus je passais de temps avec Arès sur son lit ou sur le canapé, à parler, rire et l'embrasser, plus je voulais vivre une existence normale. Je voulais que les épreuves soient terminées, qu'il retrouve son pouvoir, que Joshua soit en sécurité et que les secrets de mon passé soient tous réglés une bonne fois pour toutes. Que nous puissions continuer à être ensemble. Je voulais lui montrer à côté de quoi il était passé dans son propre monde.

— Vous n'avez pas choisi la facilité, siffla la voix de Terreur sous mon crâne, alors que j'étais allongée contre Arès, somnolant paresseusement.

— Où et quand aura lieu l'épreuve ? aboya Arès en se redressant, délogeant ma tête de l'endroit où elle était blottie contre sa poitrine.

— Mon puissant Seigneur, je suis ravi d'entendre que vous vous portez si bien, dit-il avec sarcasme.

— Où et quand ? répéta Arès.

— La cérémonie finale aura lieu dans ma salle du trône, dans deux heures.

Aussitôt, sa présence disparut. Je fronçai les sourcils et m'écroulai contre les oreillers.

— Ça ne dérange pas les dieux de l'Olympe de toujours tout faire sans préavis ?

— Il faut bien rendre la vie éternelle excitante, d'une manière ou d'une autre, répondit-il sans conviction.

— En organisant des fêtes spontanées ? J'ai connu mieux.

— Je suis curieux d'avoir ton avis sur la question.

— Vraiment ?

Je roulai sur le côté pour le regarder. Son sourire enjôleur disparut lorsqu'il reprit :

— Bella, j'ai beaucoup réfléchi à la mortalité. Et à la gloire. À ce que représente notre pouvoir. Je pense que nous pourrions tenter autre chose en Bélier.

L'espoir me fit sourire et je me redressai sur un coude.

— J'ai tellement d'idées farfelues. Je veux voir tout, partout, et rencontrer tout le monde.

Arès ricana avant de me faire basculer à nouveau sur le dos, recouvrant mon corps. Ma peau était brûlante, tous mes muscles contractés.

— Seulement, n'oublie pas que c'est mon royaume. Pas le tien. Compris ?

Il baissa la tête pour me mordiller dans le cou. Un

gémissement m'échappa quand il plaqua ses hanches contre les miennes et je sentis la dureté de son membre.

— Excuse-moi, je n'ai pas bien entendu, rétorquai-je.

Il releva la tête de ma clavicule, où il déposait une avalanche de baisers.

— J'ai dit que c'est mon royaume, pas le tien.

— Non. Tout ce que j'entends, c'est : Bella, fais ce que tu veux dans mon royaume.

Son regard pétilla.

— Tu te fiches de moi.

J'eus à peine le temps de reconnaître la lueur prédatrice dans ses yeux avant que sa bouche ne rencontre la mienne. Instantanément, toutes mes pensées s'envolèrent.

— Je peux te demander pourquoi tu as des vêtements de femme ici ?

J'entendis la menace dans ma propre voix alors que je me tenais devant l'armoire ouverte de la chambre d'Arès.

— Éris. Elle se réfugie ici parfois, quand elle a énervé la mauvaise personne.

L'inquiétude me saisit à la mention de la déesse du Chaos.

— C'est notre faute si quelque chose lui est arrivé ? Si elle ne nous avait pas aidés, Aphrodite l'aurait peut-être laissée tranquille.

Arès se leva, sa toge tombant sur ses genoux. Son expression était dure.

— Bella, sache que la querelle entre ces deux-là est bien plus profonde que tu ne peux l'imaginer. Et Éris est l'un des êtres les plus forts de l'Olympe. Si Aphrodite l'a vaincue, c'est parce qu'elle a reçu de l'aide. Alors, tu ne dois pas t'en vouloir.

Je laissai échapper un soupir.

— La première chose à faire, une fois que tout sera terminé, ce sera de découvrir ce qui s'est vraiment passé.

Je le sentis nerveux, mais ce n'était pas forcément à cause d'Éris.

— La première chose qu'on fera, ce sera d'avoir une bonne discussion. Il faudra parler de toi. Ensuite, on essaiera de retrouver ma sœur.

— D'accord.

Mais je me sentais réticente, malgré moi. Il ne faisait aucun doute que mon passé était un sujet de conversation qu'Arès ne voulait pas avoir – alors, par ricochet, je ne voulais pas l'aborder non plus. Je rechignais devant tout ce qui pouvait menacer notre bonheur.

Mais c'était inévitable. Un jour ou l'autre, j'aurais besoin de savoir, et cela semblait lui peser. Qu'est-ce qui pouvait être si terrible, après tout ?

Et s'il a fait quelque chose que tu ne peux pas lui pardonner ?

Quand la question s'imposa à moi, je compris que c'était ce qui me faisait le plus peur. C'était pour cela que je ne brûlais pas de curiosité à propos de mon identité. Parce que mes sentiments pour Arès étaient encore plus intenses.

— Est-ce que ses vêtements te vont ? Je peux te montrer comment les ajuster par la magie, mais ce ne sera pas aussi bien que ce qu'elle aurait été capable de faire.

À ces mots, je reportai mon attention sur l'armoire.

— C'est gentil, merci.

Arès tourna les yeux vers moi.

— Gentil ? Tu dois être la première femme au monde à me décrire comme ça.

—   Et je serai la dernière. Si j'entends une autre femme dire que mon dieu guerrier est gentil, je lui refais le portrait.

J'ajoutai un battement de cils innocents et il sourit. Le sourire enjoué sur son visage habituellement si sérieux était encore tout nouveau pour moi, et mon cœur s'emballa avec chaleur.

— Tu sais, ça pourrait me plaire. Je vais peut-être essayer de pousser les filles à me complimenter.

— N'y pense même pas, mon grand.

DOUZE

Je me sentais tellement en phase avec moi-même lorsque j'entrai dans la salle du trône de Terreur avec Bella à mon bras. Je voulais que le monde la voie avec moi. J'avais besoin que tout le monde sache qu'elle m'appartenait.

Elle avait choisi l'une des robes les plus élégantes d'Éris, et à ma grande surprise, elle avait choisi de ne pas la retoucher. J'étais à la fois heureux de contempler son décolleté céleste et furieux que d'autres puissent en faire autant. C'était sans doute pour ça qu'elle l'avait enfilée. Le corsage près du corps était d'un gris aussi discret que la couleur du fer, mais la couleur s'assombrissait légèrement jusqu'à ce qu'elle appelait la teinte anthracite, avant de se terminer par un ourlet crème. La tenue était ornée de dentelle et de plumes d'or, que nous avions transformés en casques à plumes avec l'aide de sa magie.

— Après tout, nous avons tous les deux des casques maintenant, m'avait-elle dit en souriant.

Nous avions ensorcelé son casque pour qu'il forme un bandeau, comme le mien, bien que le sien soit plus déli-cat, avec une pierre précieuse pourpre au centre. En contraste avec ses cheveux blonds cendrés, c'était sensationnel. *Elle* était sensationnelle.

Je tuerais pour la voir sourire. Putain, je ferais même tout ce qu'elle m'ordonnerait sans poser de questions. Bien sûr, il était hors de question que je le lui avoue.

Que ferait-elle si je lui disais la vérité sur son passé ? Sur ce que j'avais fait ?

Une partie de moi – dont je n'étais même pas sûr de l'existence avant de la rencontrer – conservait le secret espoir que le lien entre nous serait assez fort pour qu'elle me pardonne. Mais une partie plus grande encore redoutait de perdre la seule chose à laquelle j'aie jamais accordé de valeur.

Je croyais tenir à la guerre, autrefois, à la gloire, à l'honneur. Et même à Aphrodite. Mais tout était bien pâle en comparaison avec mon intrépide Bella, sa puissance, sa force et son courage plus intense que tout ce que contenait l'Olympe.

Cette femme était mon véritable amour. Mon objectif. Elle était tout pour moi.

— Tu es sûre qu'il ne va pas nous faire passer directement à la dernière épreuve ? Je ne serai capable de rien avec cette robe, me souffla-t-elle.

Nous attendions dans une file d'invités, devant une porte chatoyante au bout d'un couloir. Je savais que c'était le seul moyen d'accéder à la salle de bal de Terreur, puisque j'y avais déjà été invité, mais je ne voulais pas dire à Bella ce qui l'attendait. Je voulais voir la surprise sur son visage quand elle le découvrirait. Terreur était le plus mystérieux, le plus dangereux et le plus égoïste de tous les Seigneurs. Son royaume, comme son palais, était à son image.

— Tu as ton épée et ton casque, dans le pire des cas. C'est tout ce qui compte.

Elle acquiesça. Les invités ne cessaient de jeter des coups d'œil vers nous, murmurant avec excitation. Nous étions les invités d'honneur.

Bella s'agita lorsque nous atteignîmes la grande porte, vibrante d'énergie.

— Tu es prête ? demandai-je, resserrant mon bras autour du sien, si frêle.

— Je suis prête depuis des siècles, répondit-elle avec impatience avant de franchir le seuil, m'entraînant avec elle.

Sa bouche forma un O de stupeur, puis elle poussa un long soupir en découvrant notre nouvel environnement. Nous nous tenions sur une longue plateforme en saillie à flanc d'une montagne enneigée. Des lumières bleues scintillantes dansaient au-dessus de nos têtes, discrètes mais suffisamment fortes pour sublimer la lueur du crépuscule. Des colonnes à hauteur de buste faisaient office de tables, et les invités s'y regroupaient avec leurs boissons et petits fours. Un flux constant de serveurs chargés de plateaux allait et venait à travers une arche sombre, creusée à même la montagne. De la neige tombait, poudreuse et douce, mais ne se déposait jamais sur le sol, et une chaleur artificielle enveloppait toute la plateforme.

Bella se dirigea immédiatement vers le bord pour admirer les montagnes qui se profilaient. Des rochers escarpés se dressaient entre les sommets enneigés, transperçant le ciel, et des gouffres noirs se dessinaient en contrebas, recelant toutes sortes de dangers. Ils semblaient presque vivants, mus par une énergie menaçante.

— Les montagnes sont impressionnantes, lui dis-je.

— Tu vas nous porter la poisse, rétorqua-t-elle, le regard fixe.

— Tu en as peur ?

Elle me regarda.

— Oui, elles m'appellent, répondit-elle à mi-voix. J'y vois du danger, du mystère et le frisson de l'inconnu.

— Je suis flatté, mais tu devrais faire attention à ce que tu souhaites.

La voix de Terreur était aussi désagréable que d'habitude, et mes muscles se crispèrent en réaction. Nous nous tournâmes en même temps vers lui. À ma grande surprise, il était seul. Des silhouettes d'un noir d'encre rampaient, inquiétantes sur son corps de marbre. C'était le corps le plus adapté à l'esprit de Terreur et, même si j'étais certain d'avoir fait le bon choix, je ne prenais aucun plaisir en sa compagnie.

— Où sont les deux autres ? demanda Bella.

— Quelque part, répondit-il d'un air évasif. Tu as choisi une robe couverte de casques pour agacer Panic ? J'aime bien, ajouta-t-il avec malice. Tu aurais dû ajouter quelques dragons aussi. Il ne se remet pas de la perte de son animal de compagnie.

Le lien qui me reliait à Bella était tellement plus fort maintenant que je ressentis sa colère.

— Cette créature n'est pas un animal de compagnie, gronda-t-elle.

— Non, plus maintenant. Bon, prêts pour mon épreuve ?

La peur me saisit et je compris que c'était son influence. Ici, dans son palais et sans mes pleins pouvoirs, je ne pouvais pas arrêter sa magie. Bella retira son bras du mien et la peur s'intensifia dans mes veines. Heureusement, elle entrecroisa ses doigts aux miens et la chaleur revint, chassant les résidus de terreur. À la force avec laquelle elle serrait ma main, cependant, je compris qu'elle en était aussi affectée.

— Nous sommes prêts, dis-je en le regardant fixement. Et quand nous aurons gagné, nous voulons que le démon nous soit remis sans délai.

— Tu sais, on n'a jamais discuté de ce qui se passerait si vous perdiez.

J'ouvris la bouche pour répondre, avant de me rendre compte avec horreur qu'il avait raison.

— Si nous perdons, j'imagine que nous mourrons.

— Un Olympien immortel ?

Il y avait un plaisir évident et malsain dans sa voix. Manifestement, il savait que je n'étais plus immortel, à moins d'aspirer le pouvoir de Bella.

— Non, dieu puissant. Tu mérites un risque encore plus grand. Si tu perds, alors au lieu de te donner le démon, nous te prendrons.

— Non. Hors de question !

La poigne de Bella se changea en étau et sa voix était aussi tranchante qu'une lame. Sa réaction était exactement ce qu'attendait Terreur. De la peur, de la colère et un brin de provocation. Je m'assurerais qu'il n'obtienne rien de ce qu'il désirait.

Avant que Bella ne puisse continuer, j'éclatai de rire. Un petit ricanement sec, au début, qui se transforma en hilarité insolente. Terreur se crispa, son visage dénués de traits fixé sur le mien.

— Qu'est-ce que tu comptes faire de moi ? demandai-je avec un sourire imperturbable, puisant lentement dans l'énergie de Bella.

— Tout ce que nous voulons.

L'arrogance avait disparu de sa voix. Il semblait attendre une autre réaction de ma part.

— Bon, d'accord, Seigneur. Si nous perdons, je serai à toi.

Je fis un pas en avant, mon corps prenant soudain plus de volume, et je baissai la voix pour lui dire sur un ton menaçant :

— Mais si nous gagnons, je t'assure que je réduirai ton corps en mille petits morceaux et que je trouverai un nouvel hôte pour Terreur.

À la décharge du Seigneur, il ne recula pas, même si son corps de pierre tressaillit de manière perceptible. Je gardai les yeux braqués sur son visage, me concentrant sur le pouvoir de la guerre. Un fracas retentit au loin. Aux cris de guerre et au claquement des sabots se joignit le grondement des explosions. Une odeur de feu et de sang nous entoura, et soudain, ce fut une vraie fournaise alentour.

Le défi resta suspendu dans les airs. Autour de nous, seuls bougeaient les tourbillons noirs de Terreur.

— Que le meilleur gagne, déclara enfin le Seigneur.

— Ce sera nous.

Terreur se tourna vers les autres invités, et sans doute vers les deux autres Seigneurs.

— Tu sais, tu es tellement sexy quand tu fais ça, dis-je à Bella.

Ses joues rougirent. Apparemment, ma remarque lui faisait plaisir.

— Je suis contente que tu le penses.

Une énergie puissante circulait dans mon corps. Cette

rencontre me rendait fébrile, me donnait envie de me battre.

— Et si on perd ? demanda Bella tout bas, un soupçon de doute dans la voix.

— On ne perdra pas. Ce n'est pas une option.

Il y avait déjà suffisamment d'enjeux avec ces foutues épreuves. Je n'accepterais pas la défaite. Il n'y avait rien à ajouter.

— Pourquoi est-ce qu'ils te veulent ?

— Pour la domination. S'ils dominent le dieu de la guerre, ils domineront le royaume. La soif de pouvoir est dans leur nature. C'est pour ça qu'ils ont été créés.

— Mais tu contrôles ta nature, toi, alors pourquoi pas eux ?

Je pris une inspiration. Ses mots me mettaient mal à l'aise. Nous étions tombés amoureux si vite et il y avait encore tant de choses qu'elle ne savait pas à mon sujet. Sur mon pouvoir, et ce dont j'étais fait. Ce que j'avais fait pour rester sain d'esprit.

— Bella, c'est grâce à eux que je suis capable de me contrôler. Quand Douleur, Panique et Terreur faisaient partie de moi, j'étais... différent. Mauvais. La seule façon de les contrôler, c'était de les séparer et de les placer dans des hôtes exceptionnellement forts, avec leurs propres royaumes pour les occuper. Quand ils sont réunis en un seul être, ils sont trop forts – l'essence même des pires aspects de la guerre.

Je haussai les épaules en ajoutant :

— Mais ils restent des forces à ne pas négliger, et ils travaillent toujours ensemble. Ce n'est pas la première fois qu'ils essaient de se dresser contre moi, et ce ne sera pas la dernière. La différence, c'est que je n'ai jamais été privé de mon pouvoir auparavant.

— Eh bien, tu l'as retrouvé, maintenant. Je suis là.

La lueur bleutée des fées dansait dans ses yeux, et après une seconde d'hésitation, je retirai le casque de ma tête, utilisant son pouvoir pour le transformer en bandeau.

— Tu es éblouissante, lui dis-je, le cœur battant, alors qu'elle me dévisageait.

— Alors, je suis faite pour toi, répondit-elle en souriant.

Je me penchai pour l'embrasser.

Nous nous promenions au bal comme si les lieux nous appartenaient, dégageant une assurance qui – je le savais – devait mettre les Seigneurs en colère. J'ignorais si Bella avait vraiment cette confiance, mais elle semblait aussi arrogante que moi. Panique nous adressa un rictus lorsque nous nous approchâmes de lui, mais il ne nous adressa pas la parole. Comme je l'avais prévu, Aphrodite n'était nulle part.

Les montagnes semblaient vraiment attirer Bella. On aurait dit qu'elle ne prêtait aucune attention aux conversations feutrées du flot incessant d'invités curieux de rencontrer la fille qui avait fait sortir le misérable dieu de la guerre de son casque. Son regard se tournait toujours vers les sommets, au loin.

Pour tout dire, je ressentais la même chose. Je décelais le danger en elles, comme un aimant qui me poussait à faire mes preuves. J'avais besoin de me battre, de gagner, de savourer la victoire. Et je savais, avec la même certitude que Bella, que ces montagnes hostiles et irrégulières représentaient un défi de taille.

Lorsque Terreur attira l'attention de la foule, je n'avais

qu'une envie, qu'il confirme que la dernière épreuve résidait dans ce royaume austère et redoutable.

— Merci à tous d'être venus, fit-il d'une voix glaciale. La dernière des épreuves d'Arès est simple. Escaladez l'une de mes montagnes. Si vous atteignez le sommet, vous l'emportez. Sinon, vous perdez.

L'excitation déferla dans mes veines. C'était exactement ce que j'avais espéré. Je sentis un éclair d'énergie du côté de Bella. Sa peau luisait d'un éclat doré discret, mais visible.

Il était temps de montrer à tous combien, ensemble, nous étions forts.

TREIZE

Mon enthousiasme à la perspective de m'attaquer à la montagne retomba légèrement lorsque la lumière de notre téléportation disparut et que la réalité de notre épreuve s'imposa à moi.

— Waouh. C'est long !

Il régnait un froid glacial ici. J'avais beau porter une chemise à manches longues sous mon armure de cuir, et mon casque sur la tête, le froid me mordait la peau.

Nous étions au pied d'une montagne toute en rochers noirs et saillants, recouverts de neige. Le paysage était rocailleux, sans la moindre surface lisse, comme si un géant y avait donné un coup de marteau, laissant des pointes anguleuses et de profondes crevasses. Je devinais l'ombre d'un chemin devant nous, serpentant dans la masse rocheuse. En penchant la tête en arrière, je ne voyais que le sommet blanc de la montagne.

— L'ascension sera difficile et je m'attends à ce qu'il y ait quelques épreuves supplémentaires en cours de route, déclara Arès, en armure lui aussi, bourdonnant d'énergie.

— C'est typique de Terreur. Tout ici est en noir et

blanc, pensai-je tout haut alors qu'Arès se dirigeait vers le chemin.

— Tu as raison.

— Répète ça, j'adore !

Je lui emboîtai le pas, mes semelles crissant sur la neige. Ischyros était chaud dans ma main droite.

— N'hésite pas à me dire que j'ai raison autant que tu le souhaites.

Arès me jeta un regard par-dessus son épaule, les yeux pétillants.

— Il faut que tu le mérites.

Je haussai les épaules.

— Aucun problème. J'ai toujours raison.

— J'en doute, ricana le dieu de la guerre.

Nous nous disputâmes ainsi gentiment pendant environ une heure, avant qu'il ne se mette à neiger. Le chemin n'en était pas vraiment un, juste un sillon sinueux entre les rochers pointus. La pente était raide et, sans mon pouvoir, je n'aurais pas pu me débrouiller. Sans magie, j'étais relativement sportive, certes, mais nous n'escaladions pas une montagne ordinaire. Il n'y avait pas d'arbres ni de buissons touffus, seulement des falaises noires escarpées et des ruisseaux de glace. Il n'y avait aucun bruit d'animaux ni d'oiseaux, rien de vivant, même lorsque j'utilisais mes nouveaux sens hyper-affûtés pour chercher un signe de vie. Tout ce que j'obtenais de la montagne, c'était un magnétisme inquiétant – effrayant et fascinant à la fois.

Mon pouvoir empêchait le froid de m'engourdir, mais pas la neige qui tombait sans discontinuer. La visibilité diminuait rapidement, nous obligeant à ralentir notre rythme.

— Combien de temps penses-tu qu'il faudra pour arriver au sommet ?

— Deux jours. Mais je crois qu'il y aura des obstacles à surmonter. Alors, peut-être plus longtemps.

Je hochai la tête, même s'il était devant moi et ne pouvait pas me voir. Impossible que la montagne de Terreur ne nous réserve que de la neige.

~

— C'était quoi, ça ?

Nous étions en train de grimper à flanc de montagne, une côte toujours plus raide, depuis plus longtemps que je ne voulais y penser. Je venais de percevoir un mouvement qui n'était pas une chute de neige, pour la toute première fois depuis le début de notre ascension.

— Où ?

Arès puisa dans mon pouvoir et je compris qu'il cherchait à améliorer ses sens, tout comme moi. Nous entrions dans une clairière assez plate, entourée de rochers sombres. Je tendis le doigt alors que nous ralentissions.

— Près de ce rocher, chuchotai-je.

Je discernais seulement des bruits de pas, et la respiration lente et régulière de quelque chose qui n'était pas Arès. La pente n'était pas encore assez raide pour que nous ayons besoin de nos deux mains, et nous marchions tous les deux avec nos épées dégainées. Je ressentis une bouffée de chaleur palpable de la part d'Ischyros, des picotements remontant le long de mon bras et une montée d'adrénaline dans tout mon organisme.

Il y eut un éclair blanc, et une forme verte bougea derrière les rochers imposants.

— Montre-toi ! cria Arès.

Mon cœur se mit à cogner dans ma poitrine alors que nous restions plantés là, côte à côte.

Un grognement résonna dans la clairière, puis le silence retomba.

— Qu'est-ce que c'est ?

— Aucune idée, répondit Arès en serrant les dents.

Nos corps commençaient tous les deux à briller.

Soudain, surgissant de nulle part, une énorme masse floue de couleur blanche, marron et verte fonça sur Arès, le projetant au sol à quelques mètres de moi. J'invoquai le pouvoir de la guerre, me visualisant instinctivement sur l'étalon. Alors que le monde autour de moi ralentissait et devenait rouge sang, Arès se releva d'un bond, repoussant la créature qui l'avait attaqué.

Cette dernière ne ressemblait à rien de ce que j'avais vu auparavant, même lors des cérémonies organisées par les Seigneurs. L'essentiel de son corps était celui d'un léopard des neiges, avec un beau pelage tacheté, d'énormes yeux verts et de petites oreilles arrondies. Mais le reste...

— Putain, ce truc a deux têtes ! criai-je avant de m'en rendre compte.

Un deuxième cou dépassait du corps du léopard, terminé par une tête de chèvre des montagnes à l'expression cruelle. Des cornes noires s'enroulaient furieusement sur son crâne et ses yeux étaient rouges. La tête de léopard retroussa ses babines pour grogner, révélant ses crocs en même temps que la tête de chèvre sifflait, faisant claquer ses mâchoires.

— Trois. Regarde la queue, dit Arès.

Il avait raison. Au bout de la queue velue du léopard des neiges dépassait une tête de serpent vert pomme, d'allure redoutable.

— C'est une chimère.

La créature creusait le sol enneigé devant nous, et je m'efforçai de réprimer mon admiration et ma stupeur de voir de mes yeux une telle bête.

— Comment la repousser ?

Je ne voulais pas la tuer.

— Est-ce que le feu lui fera peur, comme pour les bœufs ?

— Le froid de cette montagne éteindra rapidement le feu magique.

La chimère émit un grognement retentissant et menaçant.

Avant que je puisse proposer une autre idée, elle se jeta à nouveau, sur moi cette fois. Mais j'étais prête.

Je l'esquivai une seconde avant qu'elle ne m'atteigne, fauchant ses jambes avec mon épée alors qu'elle atterrissait sur le sol à côté de moi. Le serpent de la queue se retourna et je brandis mon épée pour me défendre alors qu'une langue fourchue jaillissait de sa gueule.

La lueur dorée d'Arès apparut derrière la chimère. Avant qu'elle ne puisse s'en prendre à nouveau à moi, il abattit son épée. Un choc retentissant se fit entendre lorsque la chèvre avança la tête, parant son coup avec ses cornes.

Je roulai sur le côté pour me mettre hors de portée du serpent, mais en me redressant, je me retrouvai nez à nez avec la tête de léopard.

— Putain, tu bouges vite, toi ! grommelai-je en reculant d'un bond, évitant de justesse les mâchoires qui claquaient.

Le cou de la chèvre était plus long et la douleur traversa mon épaule lorsqu'elle me percuta. Je titubai en arrière. La créature hurla, un terrible cri bestial qui me laissa une sensation étrange au creux de l'estomac. Arès saisit la queue de la chimère pour l'éloigner de moi d'un coup sec. La tête du serpent claqua et se tendit pour l'atteindre. Le corps de la créature se retourna, battant des pattes pour tenter d'échapper à l'emprise du dieu, mais Arès était trop fort. La chimère s'immobilisa lorsqu'il approcha sa lame, s'arrêtant à quelques centimètres de la queue qu'il tenait toujours dans sa main.

— Tu ne peux pas nous battre tous les deux. Si tu nous poursuis, tu perdras l'une de tes têtes, menaça-t-il d'une voix de stentor.

Les trois gueules sifflèrent en réaction.

Arès lâcha prise et je retins mon souffle, l'épée brandie.

La tête de serpent s'agita, à nouveau libre, mais au moment où elle parut vouloir se lancer sur Arès, le léopard poussa un cri strident et se figea. Avec un dernier sifflement, la chimère décrivit un cercle lent entre nous, puis elle s'éloigna pour aller se perdre dans les ombres des rochers.

Je détendis un peu mon bras armé, diffusant de la magie de guérison dans mon épaule meurtrie.

— C'est moi, ou c'était un peu trop facile ? demandai-je prudemment.

— Les chimères sont généralement des créatures solitaires. Mais si elle revient avec une meute, ce sera un adversaire plus coriace.

Je me tournai vers l'endroit où l'incroyable animal avait disparu, espérant de tout cœur qu'elle n'avait pas d'autres amis dans la montagne.

. . .

Nous reprîmes notre progression, contraints de rengainer nos épées lorsque la pente s'accentua et que le sol devint moins stable. Bientôt, ce fut de l'escalade pure et simple. Nous utilisions nos deux mains pour nous hisser sur les parois rugueuses. Cet exercice physique nous aurait fait du bien si la montagne ne nous envoyait pas de vibrations sinistres.

— Pourquoi tu n'as pas coupé la tête du serpent ? demandai-je à Arès lorsque nous nous arrêtâmes pour reprendre notre souffle.

Il leva les yeux de sous son casque pour me regarder.

— Disons que j'ai une toute nouvelle notion de la mortalité, maintenant.

Je levai les sourcils vers lui.

— Et je savais que tu ne voudrais pas. Après tout, c'est le territoire des chimères que nous envahissons.

— Si on ne portait pas de casque, je t'embrasserais.

Je savais que la pitié faisait partie de la guerre, et je savais aussi qu'Arès ne tuait pas sans discernement. Mais la brume rouge était puissante, et l'instinct l'emportait souvent dans un combat entre personnes normales, sans parler de celles dotées d'une force divine. Mon admiration pour sa maîtrise ne cessait de croître.

— Si on ne portait rien, il n'y a aucune partie de toi que je n'embrasserais pas, répondit-il.

La chaleur m'envahit à ces mots, chassant le froid.

— Finissons-en pour que tu puisses me le prouver autant que tu voudras.

QUATORZE

BELLA

Le terrain sur lequel nous progressions était de plus en plus raide. Bientôt, nous escaladâmes une falaise à mains nues. La pente presque verticale était glacée. Sans magie pour empêcher la peau de geler – ou sans gants exceptionnels –, il serait impossible de faire usage de ses mains sur cette partie de la montagne.

J'étais surprise par la concentration que demandait cet exercice. L'utilisation constante de mon énergie pour ne pas mourir de froid commençait à m'inquiéter aussi. Seul l'un d'entre nous pouvait être immortel, et une chute sur les rochers tranchants en contrebas serait sûrement fatale. Si nous tombions tous les deux...

Cette pensée provoqua en moi un terrible élan de peur et je me mis à prier pour un terrain plus plat. Même d'autres chimères étaient préférables.

Chaque fois que la roche s'effritait sous mes doigts ou que mes bottes dérapaient sur une plaque de glace, mon cœur s'emballait et je perdais mon calme. Ne pas savoir à quelle distance se trouvait le sommet n'arrangeait rien.

Tu t'en sors bien. La voix grave d'Arès filtra dans mon

esprit, m'inondant d'une vague de réconfort. Je m'étais accordé une pause, me raccrochant un moment au rocher pour me ressaisir, profitant de pouvoir poser les pieds sur un replat. Il avait dû le remarquer. Jetant un bref coup d'œil vers le bas, je l'aperçus, une dizaine de mètres plus loin. Je refrénai aussitôt le vertige qui accompagnait ce regard furtif.

Toi aussi, lui dis-je.

J'ai l'habitude de l'escalade, mais toi, un peu moins, je me trompe ?

Ce n'est pas quelque chose que je faisais dans le monde des mortels, non, admis-je. *Je commence à fatiguer, à force de me concentrer autant.* Je préférais taire mon inquiétude quant au fait qu'un seul d'entre nous pouvait survivre à une chute. Et maintenant que j'avais baissé les yeux, j'étais à peu près certaine que même si je survivais, il me faudrait un effort colossal pour réessayer. Enfin, si je ne mourais pas de froid avant.

Cette montagne était indubitablement dangereuse pour les immortels. Sûrement à cause de son attirance malsaine, le danger dans toute sa force

Ne laisse pas la peur t'envahir. Utilise ta confiance. C'est l'épreuve de Terreur, il se nourrit de la peur. Tout comme la montagne.

Je m'enveloppai dans les paroles d'Arès comme dans une couverture pour me réconforter. *La montagne ne te fait pas peur*, essayai-je de me persuader. *Tu n'as pas peur. Alors, escalade cette foutue paroi.*

Lorsque la falaise céda enfin la place à une pente douce, je n'en crus pas mes yeux. J'avais trouvé un rythme que je n'osais pas risquer de perturber. L'effort régulier de mettre une main et un pied devant l'autre engourdissait ma peur de dégringoler.

Mais la neige tombait doucement et il devenait évident qu'à chaque pas, mes pieds risquaient un peu plus de glisser.

Une fois que le sol fut assez plat pour que je puisse tenir debout, je me retournai pour attendre Arès.

— Tu vas bien ? demanda-t-il, soucieux, en me rejoignant.

— Oui. Je suis soulagée.

— Ça veut dire que ce qui nous attend est encore pire. Nous pourrons bientôt nous reposer, mon amour.

Je hochai la tête, étourdie de plaisir à cette marque d'affection. C'était la première fois que l'on m'appelait ainsi. Avec une détermination renouvelée, et sourde à la fatigue, je repris la marche sur le chemin rocheux de la montagne.

— Des arbres !

Ce n'était sans doute pas normal de s'enthousiasmer autant pour les troncs chétifs qui avaient réussi à pousser sur le flanc de la montagne, mais j'en avais assez de voir uniquement de la neige. Les arbustes étaient noueux et frêles, et n'avaient presque pas de feuilles, mais c'était déjà ça.

Arès émit un petit grognement.

— Si on peut dire.

— Oui, eh bien, c'est mieux que les pierres.

— Hmm.

Le sol était bien moins abrupt, maintenant, mais le chemin toujours sinueux et étroit. Nous perdions sûrement du temps à le suivre au lieu d'essayer de trouver un moyen plus direct de monter, mais les rochers qui se dressaient un peu partout étaient tranchants et difficiles, sans compter que certains mesuraient trois fois ma taille. Inutile de risquer de nous perdre. Nous choisîmes de continuer sur le chemin, tandis que je m'extasiais devant chaque arbre pathétique que nous croisions entre deux rochers tout aussi minables.

— Je n'aime pas du tout cette montagne, tout compte fait, pestai-je dans le silence.

— Reste vigilante, m'avertit Arès.

Je poussai un soupir, puis je fronçai les sourcils en sentant un souffle chaud sur mon épaule. Je tournai rapidement la tête, mais il n'y avait rien. Ralentissant le rythme, je soufflai à nouveau. Un vent chaud effleura mon dos et je fis volte-face.

Toujours rien.

— Qu'est-ce qui ne va pas ?

— Je sens de l'air chaud.

Je devinais la mine renfrognée d'Arès derrière son casque.

— Ça m'étonnerait. Je ne sens rien ici.

Je fis appel à tous mes sens, mais il avait raison. Aucun bruit ni odeur animale à proximité. La mine fermée, je repris ma progression.

Quand la bourrasque se fit à nouveau sentir, j'aurais juré qu'elle était accompagnée d'une poussée. Pas très forte, mais j'avais bel et bien senti quelque chose entrer en contact avec mon épaule. Je donnai un coup d'Ischyros en me retournant, mais ma lame ne rencontra que de l'air.

— Il y a quelque chose ici, Arès.

Comme en réponse à mes paroles, la neige se mit soudain à tourbillonner, m'empêchant d'y voir à plus de trois mètres. Quelque chose me poussa à nouveau, plus fort cette fois, et je criai. L'armure d'Arès tinta et je le regardai juste à temps pour le voir trébucher.

— Qu'est-ce que...

Avant qu'il puisse terminer sa phrase, la neige cessa

aussi soudainement qu'elle avait commencé, nous laissant tous les deux un peu bêtes, les yeux dans les yeux.

— Dis-lui de se montrer, comme tout à l'heure ! soufflai-je.

Après une hésitation, Arès lança :

— Montre-toi !

Rien.

Nous attendîmes encore un moment, puis il haussa les épaules.

— On perd du temps. Continuons.

Je ne protestai pas, mais je gardai Ischyros dans mes deux mains, mon corps tendu tandis que je le suivais. Je n'aimais pas du tout les ennemis invisibles.

QUINZE

BELLA

Il ne se passa plus rien pendant une heure environ. Enfin, j'eus à nouveau la chair de poule et des picotements désagréables le long de la colonne vertébrale. Quelque chose nous observait, j'en étais certaine. Mais quand je tentai d'en savoir plus par l'usage de mes sens, je ne trouvai rien.

Ce sentiment d'être épiée augmentait de minute en minute. Le nombre d'arbres aussi – avec du feuillage, cette fois. Je balayai les feuilles du regard avec méfiance, essayant de percevoir des signes de vie entre les branches. Le chemin se rétrécit encore, sinuant autour de la montagne. Il y avait maintenant une pente abrupte à notre droite, vers le bas, et une autre, encore plus raide, qui se dressait sur la gauche. Nous avions tenté de l'escalader, mais elle était couverte d'une couche de glace lisse et solide, impossible à saisir.

Le vent s'était levé, faisant bruisser les feuilles éparses et soufflant sur nous des rafales de neige froides. L'un de ces coups de vent balaya le chemin, et pendant un instant, je crus entendre une voix, comme portée par la bise. Une voix d'enfant.

Tu es fatiguée, me dis-je. *Il n'y a pas de voix sur cette montagne.*

Mais une autre rafale se leva, et cette fois, les voix devinrent nettes. Des voix aiguës d'enfants, répétant les trois mêmes mots :

Sang. Mourir. Manger.

Des frissons me parcoururent la peau et mon cœur se serra.

— Arès ? Tu entends ? demandai-je d'une voix chevrotante.

Il ne répondit pas, se contentant de marcher devant moi.

— Arès ? lançai-je un peu plus fort.

Une autre bourrasque violente me frappa et les voix enfantines se transformèrent en murmures assourdissants, vibrants d'excitation.

Sang. Mourir. Manger.

Sang. Mourir. Manger.

— Arès !

Cette fois, j'étais transie d'une peur authentique. Mes jambes s'activèrent rapidement et je courus pour le rattraper.

Je lui saisis le bras en le rejoignant et il sursauta.

— Bella ! Il y a quelque chose ici.

Ses yeux étaient hagards.

— J'entends dans le vent une bande de gamins qui veulent me manger, lui dis-je, à bout de souffle. C'est trop flippant. Et toi, qu'est-ce que tu entends ?

— La même chose.

Mais je savais qu'il mentait. Tant pis, ce n'était pas le moment d'essayer de découvrir ce qui effrayait exactement le dieu de la guerre.

— Alors, qu'est-ce que c'est ?

— Je ne sais pas, mais il n'y a rien de vivant ici, sinon on le sentirait.

— Donc... C'est mort ?

Ma voix s'enroua sur le mot *mort*.

— Je n'en sais rien. Peut-être. À moins que ce soit quelque chose d'assez puissant pour cacher sa présence.

J'espérais ardemment que ce soit le cas. Au fond, l'idée d'une puissante créature magique était plus facile à encaisser que celle de fantômes ou de zombies.

Des flocons de neige se remirent à voltiger et un rire enfantin résonna autour de nous. Il y eut ensuite un hurlement, un cri sinistre qui me pétrifia. Je sentis la peur me traverser et je serrai Arès encore plus fort, regardant autour de moi sans rien voir.

Sang. Mourir. Manger.

Quelque chose me poussa dans le dos et Arès tomba avec moi. Nous atterrîmes violemment dans la neige. De nouveaux rires s'élevèrent tout autour de nous, mais en me redressant, je me rendis compte que la brume rouge n'arrivait pas.

— Je ne peux pas combattre ce que je ne vois pas, m'écriai-je, en proie à une panique croissante.

— Utilise ton bouclier, me dit Arès.

Il s'approcha de moi et me prit par la taille.

— Nous allons le faire ensemble.

— Oui. Bouclier, répétai-je en le fixant dans les yeux, m'efforçant de ravaler ma peur.

La fois suivante, la bourrasque se heurta à un dôme invisible autour de nous.

Sang¼

Avant que la voix de l'enfant ne puisse prononcer le mot suivant, je déversai mon énergie dans mon bouclier.

La voix fut interrompue. Immédiatement, la terreur qui gonflait en moi, se répandant dans mon corps, s'atténua sensiblement.

— Bien, dit-il.

Mais il avait toujours l'air fébrile.

— Arès, je suis trop fatiguée pour maintenir le bouclier en place et marcher en même temps. Mais il est hors de question que je dorme ici, avec ce qu'il y a dehors. Qu'est-ce qu'on va faire ?

— On doit s'en débarrasser, conclut-il après un moment de réflexion.

— Comment ? C'est totalement invisible.

— C'est lié au vent, non ?

J'acquiesçai en me frottant les bras. Je pouvais sentir une pression contre le bouclier, une affreuse sensation de démangeaison aux prises avec mon pouvoir. J'avais horreur de ça.

— Oui.

— Alors, produisons notre propre vent. Soufflons.

— Vraiment ?

— Je ne vois rien d'autre.

D'après les explications d'Arès, faire du vent était aussi simple que de faire du feu. Il fallait seulement que j'y pense et que j'y mette toute ma puissance.

— À trois. On lâche le bouclier, puis on souffle sur ce foutu chemin.

— Et si ça nous fait sortir du chemin ?

— Impossible. Enfin, baisse-toi au cas où ce phénomène reviendrait.

Je hochai résolument la tête et m'accroupis. Le sol était froid, la neige accumulée sur plusieurs centimètres.

— Un, deux, trois !

Lorsque le bouclier tomba, les voix stridentes et narquoises revinrent, accompagnées par un cri redoutable.

Sang ! Mourir ! Manger !

Je projetai ce qu'il me restait de force pour produire une tornade, et dans un rugissement, le tourbillon de vent se désagrégea. Je voyais rouge dans ma vision périphérique, ce qui me redonna espoir, chassant une partie de ma tension et de ma peur.

— Vas-y, ordonnai-je à la tornade, qui se mit à avancer sur le chemin.

Les voix se déformèrent. Les mots n'étaient plus distincts, à présent. Notre tornade était plus forte que les cris, rugissant le long du chemin. Je lui ordonnai de gonfler et de se déplacer, éliminant ce qui essayait de nous hanter. En zigzag sur l'étroit chemin, elle fouettait les branches des arbres, soulevant des giclées de neige dans son sillage.

Elle évita l'endroit où Arès et moi étions accroupis, et quand elle commença à s'éteindre, mon énergie était complètement épuisée.

— Ça a marché ? Ils sont partis ?

Arès ne répondit pas, le visage concentré. J'essayai d'écouter, moi aussi, mais la fatigue me gagnait. Je n'avais pas l'impression d'être observée et les voix sinistres s'étaient tues.

— Oui, je pense.

— Oh, putain ! Merci. J'ai trop sommeil.

Nous trouvâmes deux rochers rapprochés et dressâmes des branches feuillues par-dessus pour construire un abri de fortune. Je tenais à me reposer autant que possible pendant que les enfants cannibales étaient partis. Ils pouvaient revenir à tout moment, et cette idée m'épouvantait. Les esprits invisibles et sinistres, ce n'était franchement pas mon truc. Arès m'assura que mon pouvoir me tiendrait suffisamment chaud pendant mon sommeil et, avec une confiance aveugle, je m'assoupis à la seconde où ma tête se posa sur mon fidèle sac à dos.

Lorsque je me réveillai, Arès avait passé un bras autour de moi. Il me serrait contre son armure dorée – même dans les montagnes, elle était toujours chaude. Je fus en alerte dès que le sommeil se dissipa, redoutant ce qui avait pu me réveiller. Les branches aux feuilles éparses au-dessus des deux rochers n'avaient pas été emportées par le vent. C'était bon signe.

— Arès, soufflai-je en soulevant son bras pour me redresser.

Instinctivement, j'attrapai mon casque et m'assis fièrement à côté du sien. L'énergie du cordon qui nous reliait me réchauffa les tripes lorsqu'il remua.

— Embrasse-moi, murmura-t-il.

Je baissai la tête, plantant un tendre baiser sur sa bouche.

— Il faut qu'on y aille, déclarai-je en reculant.

Ses yeux étincelèrent, les dernières bribes de sommeil déjà dissipées.

— J'en ai assez de cette montagne, déclara-t-il alors que je rampais hors de notre abri tout en enfilant mon casque.

Une fois sur ma tête, il était léger comme une plume, comme s'il faisait partie de moi. Il ne masquait pas ma vision et je ne le sentais pas bouger.

— Moi aussi.

Je regardai le chemin enneigé. Il était exactement

comme avant. Puisant dans mon pouvoir, je trouvai la boule d'énergie sous mes côtes, pleine et chaude. Arès émergea des rochers, tirant sur son casque.

— Bon, essayons d'atteindre le sommet aujourd'hui.

— Avec joie.

ARÈS

— Tu dois bien avoir un royaume préféré, insista Bella alors que nous nous frayions un chemin dans la neige qui s'épaississait.

Le chemin serpentait toujours à flanc de montagne, parfois raide et rocheux, parfois glacé et plat.

— Non, seulement le mien, répondis-je derrière elle.

— Tu ne peux pas choisir le tien, c'est de la triche. Choisis-en un autre.

Elle grimpa sur un affleurement rocheux particulièrement pointu.

— Le royaume de mon père est le plus spectaculaire. Ses citoyens vivent dans des maisons de verre, dans les nuages électriques autour du mont Olympe. Son palais est tout en haut de la montagne.

— Assez parlé de montagne, grommela-t-elle. En plus, ton père a l'air d'un vrai connard. Non, un autre.

Je soupirai et elle m'adressa un sourire par-dessus son épaule.

— Bon, j'aime bien le royaume sous-marin de Poséidon. Ce sont de nombreux dômes dorés sous la surface de l'océan. Il y a un tas de créatures aquatiques extrêmement dangereuses là-bas.

Ma voix était fébrile à l'évocation des monstres marins de Poséidon.

— Et quel est le royaume que tu aimes le moins ?

— Je n'aime pas le Taureau. C'est le royaume de Dionysos, dieu du vin et de la folie. Ses citoyens vivent dans de grandes maisons, dans des arbres impressionnants, avec des créatures sauvages dangereuses. Là-bas, on ne peut se fier à rien. Des bâtiments entiers peuvent se retourner sans prévenir. On se croirait sous hallucinogènes. C'est flippant.

— Ça me plairait de visiter, déclara Bella du tac au tac.

— Comme c'est étonnant... Dis-moi, tu ne trouves pas que la neige devient plus épaisse ?

J'étais certain que la neige tombait plus vite, à présent, se déposant plus lourdement autour de nous.

— Oui, peut-être.

Une heure plus tard, la neige tombait dru et nous devions nous frayer un chemin à coups de pied dans une couche qui recouvrait complètement nos bottes. La visibilité était terrible et notre rythme considérablement ralenti.

— À partir de quand faut-il s'inquiéter de la neige ? demanda Bella.

— Aucune idée.

Avouer mon ignorance, c'était nouveau pour moi, et je n'étais pas sûr d'aimer ça. Avec quelqu'un d'autre que Bella, j'aurais ignoré la question ou inventé une réponse. Mais la vérité, c'était que toute cette montagne était aussi sauvage qu'imprévisible. J'ignorais totalement si la neige représentait une menace.

— Tant que ces sales gosses cannibales ne reviennent pas, l'entendis-je pester.

Ces voix fantomatiques, quelles qu'elles soient, l'avaient perturbée. Pour tout dire, je n'étais pas franchement rassuré, moi non plus.

Un grondement sourd et lointain attira mon attention, et devant moi, Bella s'arrêta.

— Tu entends ?

— Oui.

Sa peau se mit à luire alors qu'elle exerçait ses sens à l'extrême.

— Ça vient des profondeurs de la montagne, commenta-t-elle en se tournant vers moi.

Il y avait une légère étincelle de peur dans ses yeux.

— C'est la roche elle-même. Ce n'est pas une créature. On ne peut pas combattre une montagne.

— Du calme.

Je tendis la main vers elle pour toucher sa peau chaude. Le grondement revint en force, plus puissant. Je le sentis à travers les semelles de mes bottes.

— Arès, nous sommes entourés de tonnes de rochers et de neige.

La panique faisait trembler la voix de Bella.

— *Des tonnes*, ajouta-t-elle.

— Mais nous avons des boucliers magiques, rétorquai-je, infusant de la confiance à travers notre lien.

— Et si on était séparés ?

Elle avait murmuré et je compris que c'était ce qui lui faisait le plus peur. Que quelque chose nous sépare sur cette montagne.

— Non, dis-je en lui prenant la main.

Le grondement redoubla de volume.

— De toute manière, nous sommes liés. Nous nous retrouverons.

Je la regardai dans les yeux et des flammes prirent vie alors qu'elle me dévisageait. C'était un feu de volonté et de détermination, animé par la force de son amour pour moi. Je savais ce qu'elle ressentait, car je ressentais exactement la même chose. Nos émotions coulaient dans notre lien comme une rivière déchaînée.

Elle hocha la tête.

— C'est vrai.

Au même instant, le sol se déroba sous nos pieds et nous vacillâmes.

— Et si on dégringole en bas de la montagne ?

— Alors, on recommencera.

Si nous tombions de la montagne, l'un de nous mourrait. Je n'ajoutai pas la phrase qui succéda à la première, dans ma tête, mais elle la connaissait aussi bien que moi.

— Recommencer, fait chier ! souffla-t-elle, dépitée, alors que le grondement s'amplifiait et que la roche sous nos pieds tremblait. On doit s'éloigner du bord.

Nous avançâmes dans la neige aussi vite que possible, plaqués contre la pente de la montagne. Les secousses se poursuivirent, mais jamais assez fortes pour nous faire perdre pied.

Nous marchâmes pendant encore une heure – ou plus. Le paysage était invisible dans le blizzard. Impossible de nous détendre une seule seconde à cause des fréquents tremblements de terre. Les rochers s'effritaient, dévalant le chemin devant nous, et de grandes plaques de neige se détachaient par endroits des corniches au-dessus de nos têtes, nous forçant à brandir nos boucliers.

— Il y a quelque chose ici.

Bella dut répéter sa phrase pour se faire entendre par-dessus le grondement du sol et le craquement de la roche friable. J'activai tous mes sens, percevant en effet une masse indistincte devant nous. Quelque chose de puissant.

Un combat en déséquilibre sur ce foutu flanc de montagne ne serait pas facile. Je vibrais d'excitation et d'adrénaline, chassant les doutes. Ensemble, Bella et moi pouvions tout surmonter.

— Bon, écoute, j'en ai par-dessus la tête de cette randonnée ! criai-je.

— Tu sais quoi ? Moi aussi.

Ses mots étaient tendus et je savais qu'elle essayait d'y mettre autant de confiance que possible.

Nous ne serons pas séparés, mon amour. Je lui envoyai ces paroles par la pensée et une vague de chaleur inonda mes tripes, découlant de notre lien.

Avant qu'elle puisse me répondre, la montagne tout entière trembla et un éclat brillant de lumière bleu canard sembla fuser à travers la neige. De la poudreuse s'envola de toute part, accompagnée de morceaux de glace tran-chants. Nous levâmes nos boucliers. Bella réagit aussitôt, s'écartant autant que possible du précipice alors que le sol tremblait encore plus violemment. Il y eut un craquement et je me jetai contre elle. Au même instant, un raz-de-marée de neige s'abattit sur nous.

DIX-SEPT

— Bella ?

— Je suis là. Que s'est-il passé ?

Je roulai sur le côté. La surface sous mon corps ressemblait à du verre chaud. J'étais plongée dans l'obscurité totale.

— J'ai levé le bouclier à temps... mais nous sommes submergés.

Une faible lueur filtra autour de nous lorsqu'Arès commença à irradier. Je me redressai en position assise pour essayer de retrouver mes repères, regardant autour de moi.

Il avait raison. Nous étions dans une bulle, complètement entourés de neige.

— Euh, on a beaucoup d'air ici ?

J'essayais de ne pas trahir ma peur, mais en vain.

— Oui, suffisamment, ne t'inquiète pas.

— C'est-à-dire ?

— Assez pour plusieurs heures. D'ailleurs, il ne nous faudra pas aussi longtemps pour nous en sortir, dit-il en me rejoignant. Tu es blessée ?

Je secouai la tête. La tonne de neige qui s'était abattue sur nous m'avait transie de froid, mais je ne souffrais pas.

— Juste un peu froid.

— Nous sommes en sécurité ici, pour l'instant. Et si on se reposait un moment ? Réchauffe-toi.

Je levai les sourcils, étonnée.

— Enterrés sous la neige ?

— Pourquoi pas ? Pas de voix étranges, pas de chimères.

— Et que se passera-t-il si le bouclier cède ?

— Ça va aller, tant qu'on n'a pas besoin d'utiliser d'autre magie.

Je penchai la tête vers lui, pas très à l'aise à l'idée d'être ensevelie vivante.

— Tu penses qu'il y a combien de neige au-dessus de nous ?

— Rien qui nous empêche de sortir en un rien de temps avec une boule de feu, au besoin.

Ses yeux se plissèrent et je compris qu'il souriait sous son casque. Aussitôt, je me détendis. Ses yeux étaient si beaux.

— Bon, d'accord. Je pense qu'on peut se reposer.

— Ce serait bien qu'on trouve un moyen de se réchauffer sans utiliser la magie, proposa Arès en retirant son casque.

— Euh, tu as quelque chose en tête ?

Il changea de position, se plaçant face à moi, les bras sur les genoux. Toute la tension avait disparu de son visage et ses yeux s'étaient assombris, exprimant une promesse délicieuse.

— Oh, oui. J'ai quelque chose de très précis en tête.

Je le regardai, incrédule.

— Tu penses à ce que je pense, vraiment ?

Il haussa les épaules avec un sourire malicieux.

— Je ne sais pas. À quoi tu penses ?

— À quelque chose qu'on ne peut absolument pas diffuser au reste de l'Olympe, murmurai-je.

— Le bouclier les empêche de voir.

— Vraiment ?

— Oui. Vérifie toi-même.

Je fis appel à mes sens. Le bouclier était solide, en effet, mais je n'avais aucune idée de ce que je cherchais. Je retirai mon casque et passai les doigts dans mes cheveux, repoussant les mèches échappées de ma tresse.

À vrai dire, rien ne me ferait plus de bien qu'un moment intime avec lui. Quel meilleur moyen de chasser la peur et l'angoisse, l'énergie contenue, que de nous rappeler pourquoi nous nous battions ? Nous pourrions puiser de la force l'un dans l'autre. Une petite voix dans mon esprit –que je ne pouvais pas faire taire – ajouta son grain de sel. *Cette montagne est mortelle. Il y a une chance bien réelle qu'on n'en réchappe pas. C'est peut-être ta dernière chance.*

— Je vais te dire ce qui nous réchauffera sans magie, repris-je, enfin décidée, en quittant mon sac à dos.

— Je t'en prie, dis-le-moi.

— Ça.

Je sortis la lourde bouteille que j'avais transportée depuis Londres, à travers la plupart des royaumes les plus dangereux de l'Olympe.

— De la tequila, dis-je avec un sourire.

Ce fut au tour d'Arès de hausser les sourcils, cette fois.

— Ça réchauffe, ça ? Comme un nectar ?

— Oui, en quelque sorte. C'est plus une brûlure qu'un vrai réchauffement, en réalité, expliquai-je en dévissant le bouchon pour humer les arômes familiers.

Le liquide ambré brillait dans la lumière dorée émanant d'Arès.

— Je le boirai avec toi à une condition.

— Laquelle ?

— Que tu sois nue.

Je le dévisageai, soudain toute rouge avant même d'avoir bu.

— J'imagine que tu seras nu, toi aussi ?

— Oh, oui. Nu comme un ver pour t'aider à te réchauffer.

— Bon, pourquoi pas ? Toi d'abord.

Je croisai les jambes, calant la bouteille de tequila au creux de mon genou.

— Enlève cette armure, le guerrier.

Il n'y avait pas assez de place dans notre écrin de neige pour qu'il puisse se lever, mais ce n'était pas ce qui allait l'arrêter. Il allait quitter son haut et son pantalon en quelques secondes. Je le regardai avec gourmandise prendre l'ourlet de sa chemise, puis tirer.

Putain, il avait vraiment un corps à tomber. Mes muscles se contractèrent sous l'effort que je produisis pour ne pas le toucher.

— Mon pantalon ne partira pas avant le tien, dit-il enfin.

Je levai les yeux au ciel, puis je pris la bouteille et bus une gorgée avant de la lui tendre.

Le liquide me brûla la gorge. Heureusement que mes pouvoirs divins n'avaient pas atténué la sensation de l'alcool. Je trouvais toujours la tequila excellente, même sous forme de déesse. Les yeux fixés sur Arès, je commençai à détacher mon armure de cuir.

— J'espère vraiment que ce bouclier nous protège du reste du monde, dis-je après l'avoir enlevé.

— C'est sûr.

— Bon.

Je relevai mon haut, le passant par-dessus ma tête.

Les yeux d'Arès s'arrondirent avant de s'assombrir lorsqu'ils descendirent vers ma poitrine. Lentement, son regard remonta vers le mien et il prit une gorgée au goulot.

Il l'avala, puis laissa échapper une longue expiration avant de sourire.

— J'aime la tequila.

D'un geste preste, il se pencha en avant, m'attirant sur ses genoux. Je poussai un cri quand il me serra dans ses bras, écartant la bouteille de l'autre main.

— Encore ?

Le désir dansait dans ses yeux.

J'essayai de lui arracher la tequila, mais il leva le bras pour m'empêcher de l'atteindre. Je vis ma peau luire lorsque je me tendis pour la récupérer.

— Attention, Bella. Pas de magie, sinon le bouclier pourrait lâcher.

— Je n'ai pas besoin de magie, dis-je en me dégageant de sa poigne.

— Vraiment ?

— Vraiment.

Je me levai, à quelques centimètres du plafond de notre bulle. J'avais un pied de part et d'autre de ses genoux et il s'humecta les lèvres en me regardant, puis il ramena la bouteille vers le bas, de son côté, hors de portée.

— Tu vas devoir redescendre ici pour l'avoir maintenant.

— Oh non, certainement pas. J'ai une meilleure idée.

Lentement, je passai mes pouces dans la ceinture de mon pantalon.

Des flammes jaillirent de ses yeux et un tambour se mit à battre dans le lointain. Mon rythme cardiaque s'accéléra instantanément, en cadence.

Je baissai le pantalon, remuant délibérément des hanches pour que ma culotte tombe en même temps. Les vêtements se ramassèrent autour mes bottes, mais je n'eus pas le temps de réagir. Le visage d'Arès était à quelques centimètres de mon entrejambe et il prit une inspiration admirative.

— Tu as gagné. Voilà la tequila.

Il me tendit la bouteille. Je la pris avec un sourire, mais je lâchai un glapissement lorsque sa main à présent vide m'empoigna la fesse pour m'attirer vers lui. Ses lèvres se pressèrent en haut de ma cuisse et je tressaillis, serrant la bouteille entre mes doigts. Sa bouche se déplaça avec habileté sur la peau sensible entre mes jambes, puis plus bas. Instinctivement, j'écartai les cuisses pour le laisser passer.

Son autre main remonta pour m'aider à garder l'équilibre alors qu'il refermait les lèvres sur mon renflement charnu.

— Oh, mon Dieu.

Je faillis tomber à la renverse, enfouissant ma main dans ses cheveux pour le ramener encore plus près de moi. Sa langue bougeait de façon experte, comme mue par sa propre magie, et je sentis mes genoux faiblir alors que le plaisir envahissait tout mon corps. Ses doigts remontaient à l'intérieur de ma cuisse, puis il me caressa, m'attisant en même temps que sa langue, chaque mouvement diffusant en moi des impulsions d'envie éperdue.

— Oh, oui, soufflai-je lorsque son doigt plongea enfin

dans mon corps humide. J'ai besoin de toi. Arès, j'ai besoin de toi.

Il s'écarta en levant les yeux. Je restai bouche bée devant l'avidité que je reconnus sur son visage.

— Je suis à toi, gronda-t-il d'une voix rauque.

Il me lâcha pour retirer son pantalon, se révélant déjà dur, prêt pour moi. Mon désir explosa à sa vue et les tambours battirent encore plus fort.

— Attends, dit-il alors que je commençais à bouger.

Il se pencha pour détacher ma botte gauche.

— Il faut que tu puisses bouger les jambes.

Il me contemplait, à la fois espiègle et si follement beau. Une envie insoutenable faisait bouillir mes veines. Je pris une profonde inspiration alors qu'il retirait mon pied de ma chaussure, puis l'autre. Me rappelant la bouteille dans ma main, je pris une autre gorgée. Le feu se propagea dans mon œsophage, et soudain, j'en oubliai ma botte.

Avant qu'il puisse m'arrêter, je me couchai sur ses genoux, enroulant ma jambe gauche autour de sa taille et passant un bras autour de son cou.

— J'ai trop besoin de toi, Arès. Maintenant.

Je parsemai sa mâchoire de baisers alors qu'il m'attirait à lui. Sa poitrine rencontra la mienne et son corps ferme se pressa contre moi. Je resserrai ma jambe autour de sa taille, me soulevant pour l'accueillir.

Il poussa alors un long gémissement identique au mien et je me laissai complètement aller. La sensation de son corps à l'intérieur du mien me remplit tout entière, au-delà des mots. C'était plus qu'un sentiment, c'était une euphorie. Un sentiment de plénitude qui me touchait jusqu'à l'âme. Putain, c'était trop bon.

Je me contractai tout en m'empalant sur son corps et il

resta figé une seconde. Puis son bras puissant me souleva lentement, avec une lenteur insoutenable, me faisant remonter le long de son corps. Nos lèvres se rencontrèrent et je m'enfonçai de nouveau, le savourant de tout mon être, perdue dans les vagues du plaisir.

Nous nous balançâmes ensemble et je reçus chaque bribe de plaisir que me procurait chaque mouvement, laissant mon esprit abandonner toute autre pensée. Les gestes tendres, le frôlement de ses doigts sur mes tétons, de sa langue sur mon cou et mes lèvres, les gémissements sensuels qui montaient de sa gorge alors que mes mains vénéraient son corps divin, combinés à l'extase de nos corps en connexion... tout cela produisait en moi une pression que je ne pourrais pas contenir très longtemps. Il commença à aller et venir plus rapidement et je me plaquai contre lui, saisie par une béatitude à couper le souffle.

— Dis-moi que tu m'aimes, gronda-t-il en me serrant la nuque, s'enfonçant vigoureusement en moi, son autre main à plat sur mon ventre. Dis-moi que tu m'appartiens.

Je me cambrai dans un élan de passion et il émit un râle lorsque je murmurai :

— Je t'aime.

J'entendis à peine mes propres mots, submergée par l'orgasme, emportée par des vagues de plaisir à me crisper les orteils et me faire tourner la tête. Mais il les entendit. La connexion entre nous s'embrasa lorsqu'il jouit, me serrant si fort contre son corps que nous aurions pu nous fondre en une seule personne.

— Je t'appartiens, dis-je en embrassant son visage, mes jambes en étau autour de sa taille. Je suis à toi. Pour toujours.

DIX-HUIT

La montagne était étrangement calme lorsque nous sortîmes de notre cocon de neige. Tout le flanc de la montagne était devenu blanc, une épaisse couche de neige obscurcissant tout. Je ne pouvais même pas voir le bord du chemin sur lequel je savais que nous étions. La neige ne tombait plus, et presque rien ne bougeait.

— Nous devrons marcher tout près de la montagne, pour éviter le bord, dit Arès.

Je hochai la tête, et nous partîmes.

Alors que nous marchions, prudemment, je ne pouvais empêcher le sentiment tenace que j'avais depuis l'avalanche, de grandir dans mon esprit. J'avais reconnu ce flash. La couleur... J'étais sûr que c'était la même couleur que celle du flash de Zeeva. Zeeva était la servante d'Héra, et Héra avait des turquoises partout. Est-ce qu'un des monstres d'Héra était ici ? Ou sa magie ? Mais pourquoi ? Elle avait voulu que je réussisse.

Alors que j'étais en train de rejeter tout ce train de pensées, la présence de ma chatte s'immisça dans mon esprit, à travers le casque. Je la laissai entrer immédiatement, ma surprise étant évidente dans ma voix mentale.

Zeeva ?

Bella, je suis désolée.

Ce fut ce qu'elle dit, et puis elle était partie. Je m'arrêtai de marcher, la confusion et l'appréhension me traversant.

— Arès, il se passe quelque chose. Zeeva vient de me parler. Elle a dit qu'elle était désolée.

Il me jeta un regard grave.

— Tu crois qu'il s'est passé quelque chose ? En dehors de la montagne, je veux dire ?

La peur pour la sécurité de Joshua traversa ma poitrine.

— Non.

La voix d'Arès était rauque.

— Et ensuite ?

— Je pense que Terreur est un être cruel en effet. Je pense… Je pense qu'il va vraiment nous faire ressentir la peur. J'espère que j'ai tort.

— Tort à propos de quoi ?

Le malaise s'accumulait au creux de mon estomac devant son intensité.

— Est-ce que Zeeva est là ?

— Je le pense, oui. Et je pense que Terreur sait qu'une façon de faire ressentir une vraie peur à quelqu'un d'aussi courageux que toi est de te forcer à combattre un ennemi que tu ne souhaites pas combattre. Un que tu as peur de blesser.

Je le regardai fixement.

— Tu crois qu'il va me faire combattre Zeeva ?

— Peut-être.

— Non.

Je secouai la tête.

— Je ne peux pas. Terreur ne pourrait pas la forcer à faire quelque chose qu'elle ne veut pas faire de toute façon, elle est trop puissante.

À peine eu-je prononcé ces mots qu'il y eut un éclair de turquoise et qu'une créature apparut sur le chemin devant nous.

Mon cœur battait la chamade dans ma poitrine tandis que je regardais la scène. Une chatte, c'était sûr. Mais pas celle qui avait vécu dans mon appartement minable pendant huit ans, ni le gros chat intimidant que Zeeva était devenue quand je l'avais énervée.

C'était... majestueux.

Elle mesurait au moins cinq mètres de haut et occupait presque tout le chemin de la montagne. Sa queue était enroulée autour d'elle alors qu'elle était assise, sa fourrure brillait de la lumière reflétée par la neige. Des griffes mortelles pointaient sur ses pattes avant, et à la place de ses yeux se trouvaient deux joyaux turquoise étincelants. Une puissance émanait d'elle, un sentiment de danger qui suscita immédiatement mon respect. Je n'avais aucun doute sur la personne que j'avais en face de moi.

— Zeeva, chuchotai-je.

Mon cœur battait à tout rompre dans ma poitrine.

— Vous ne pouvez pas passer.

Sa voix était forte contre la montagne silencieuse, mais sa bouche ne bougeait pas.

— Zeeva, pourquoi es-tu là ?

— Vous ne pouvez pas passer.

— Comment te font-ils faire ça ?

Les yeux de pierre précieuse scintillèrent de lumière

pendant une brève seconde et sa voix résonna dans ma tête.

Pour cette épreuve, Terreur est autorisé à tester ta peur, et il est autorisé à utiliser ce qui te ferait le plus peur. Je n'ai pas le choix.

— Vous ne pouvez pas passer, sans vaincre le sphinx, reprend-elle à voix haute.

— Je ne me battrai pas contre toi !

La brume rouge teintait ma vision, mais pas pour me préparer à combattre. C'était en réaction à ma fureur. Pour qui Terreur se prenait-il, pour prendre la seule amie que j'avais et me forcer à l'affronter ? Cela ne m'inspirait pas la peur, mais la colère, chaude et féroce.

— Vous ne pouvez pas passer sans vaincre le sphinx. Et la force du sphinx est mortelle.

Comme pour prouver son point de vue, elle se déplaça rapidement, ses griffes s'élançant et accrochant quelque chose dans les énormes congères à côté d'elle.

Arès et moi avions préparé nos épées, puis je vis ce qu'elle tenait dans sa patte géante. Cela ressemblait beaucoup à un raton laveur, mais en plus gros et surtout blanc. Avec ses yeux de pierre précieuse fixés sur moi, Zeeva lança la créature en l'air et donna un coup de griffe. La chose fut éventrée avant de toucher le sol, éclaboussant la neige blanche de pourpre.

— Vous ne pouvez pas passer sans vaincre le sphinx.

— Non !

La panique commençait à combattre la fureur qui bouillonnait dans mon sang. Nous devions la dépasser. Nous devions terminer l'épreuve. Mais je ne pouvais pas combattre une chose aussi forte qu'elle et gagner sans la blesser.

— Terreur, tu es un putain de connard !

Je hurlai les mots, Ischyros brûlant dans mes mains.

— Arès, que faisons-nous ?

— Vous ne pouvez pas passer sans vaincre le sphinx, répéta Zeeva.

— Je sais ! Arrête de dire ça !

Je sentais ma colère prendre le dessus, je perdais le contrôle.

Bella, je pense qu'elle dit ça pour une raison.

La voix d'Arès était dans ma tête, mais il ne me regardait pas.

Elle accentue le mot vaincre. Je crois qu'elle essaie de te dire quelque chose.

Je regardai entre lui et mon énorme chat vicieux.

— Tu ne peux pas passer sans vaincre le sphinx.

Je repassai ses mots. Elle disait *vaincre*, pas *tuer*.

— Sphinx, soufflai-je, alors que je comprenais. Elle est un sphinx.

— Dis-moi une énigme, lâchai-je. Si nous réussissons, tu dois nous laisser passer.

Il y eut une étincelle dans ses yeux de pierre précieuse avant qu'elle ne parle.

— Trois énigmes, et vous pouvez passer. Si vous vous trompez, vous mourrez.

— Bien.

Je me tournai vers Arès.

— S'il te plaît, dis-moi que tu es bon aux puzzles, sifflai-je.

— Non.

— Merde.

— Tu l'es ?

— Pas vraiment.

— Vous êtes prêts ?

La voix de Zeeva coupa court ma panique croissante.

Sans attendre ma réponse, elle continua.

— Je commence la nuit et je termine le matin. Je suis le début du néant et je termine l'éon. Que suis-je ?

Oh, mon Dieu.

— On aurait dû la combattre, marmonnai-je, la peur me parcourant l'échine. On aurait peut-être pu la neutraliser sans faire de dégâts durables, peut-être...

— Bella, arrête de parler, s'il te plaît. Concentre-toi.

La voix d'Arès était dure et autoritaire, et je fermai la bouche.

— Beaucoup d'énigmes sont des puzzles de mots, ajouta-t-il calmement. Essayons d'abord ça.

Je hochai la tête et essayai de me souvenir de ce que Zeeva venait de dire.

— N, lança Arès, soudainement.

— Correct, répondit le chat.

— Attends, quoi ?

Je clignai des yeux en direction d'Arès.

— La réponse est la lettre N.

— Oh merci pour ça, soufflai-je en laissant échapper une énorme inspiration. Tu *es* doué pour les énigmes. Ça ne te ressemble pas d'être modeste.

— Bella, tu dois te calmer.

Il avait raison. J'avais la tête qui tournait, le rouge entrant et sortant de ma vision.

— C'est *ma* chatte. Ma seule amie. Mon seul lien avec mon passé. Je ne m'attendais pas à ça.

— Je sais, c'est pourquoi Terreur l'a envoyée. On peut le faire, d'accord ?

— OK. OK.

Je me tournai vers le sphinx de la taille d'un bungalow qui dormait sur mon foutu lit.

— Quelle est la suivante ?

— Ma première lettre reste muette pour l'homme. La deuxième sonne différemment chez la femme, la troisième est vitale, la dernière coule de source. Ensemble elles peuvent être super. Quel est le mot ?

Je répétai l'énigme dans mon esprit, ne laissant pas mon attention dévier du tout.

— C'est un autre mot, dit Arès. Qu'est-ce qui peut être *super* ?

La réponse me vint d'un coup.

— Un héros ! *H, E, R, O,* un héros !

— Correct.

Le soulagement me frappa à nouveau. Plus qu'une.

— Qu'est-ce qui est si fragile que prononcer son nom le brise ?

— C'est un mot ?

Je regardai Arès, alarmée de voir de l'inquiétude dans ses yeux.

— Ça n'en a pas l'air.

Nous gardâmes tous les deux le silence en réfléchissant à l'énigme. Je répétai la phrase encore et encore dans ma tête, essayant de trouver la réponse mais rejetant toutes les suggestions qui me venaient à l'esprit.

Le silence se prolongea, et je sentis que le calme que j'avais brièvement réussi à obtenir commençait à s'échapper.

— Des idées ?

— Chuuut. Je réfléchis.

Je me hérissai qu'il me dise de me taire, la tension et l'inquiétude dans mon corps me faisant tressaillir.

— Eh bien, peut-être que nous devrions réfléchir à voix haute. Rester ici en silence ne nous aide pas jusqu'à présent, lui lançai-je.

Il me lança un regard noir et commença à parler, mais je levai la main pour l'arrêter.

— Attends. Je crois que je connais la réponse.

L'excitation me traversa, mais je n'étais pas assez sûre pour risquer de le crier et de me tromper. Le regard d'Arès s'intensifia.

— Vraiment ?

— Le silence. Je pense que la réponse est le silence.

Il ne dit rien pendant un moment, puis ses yeux s'éclairèrent et il sourit derrière son casque.

— Je pense que tu as raison.

— On prend le risque ?

— Oui.

Nous nous tournâmes ensemble vers Zeeva.

— Silence, criai-je.

Il y eut une pause qui sembla durer toute une vie, avant que l'énorme chat ne réponde.

— Correct. Vous pouvez passer.

Sans un autre mot, il y eut un flash bleu turquoise, et elle fut partie.

DIX-NEUF

BELLA

— Honnêtement, si tu ne mets pas Terreur en pièces, c'est sûr que je le ferai.

J'escaladais le chemin de la montagne, la colère me parcourant tandis que l'adrénaline coulait dans mes veines.

— Et si on le faisait ensemble ?

— Ha. Ce serait une activité pour un rendez-vous.

Je donnais des coups de pied dans la neige épaisse en avançant, la fatigue de l'escalade pendant tant d'heures ayant disparu, remplacée par une force alimentée par la rage.

— Ce serait pourtant satisfaisant. Et je crois nécessaire. Terreur a besoin d'un nouvel hôte, peut-être moins intelligent.

— Qu'est-ce qu'il va encore nous jouer comme mauvais tour sur cette stupide montagne gelée ?

J'étais d'humeur à me battre maintenant. La fureur d'être opposée à mon propre chat m'avait énervée, et résoudre ces satanées énigmes, même si j'étais suprêmement soulagée que nous l'ayons fait, n'avait rien fait pour soulager ces pulsions violentes.

Un petit frisson de malaise à la pensée des affreuses voix d'enfants dans le vent augmenta ma colère. Je voulais un vrai combat, pas des fantômes effrayants à combattre. Ce qui signifiait probablement que c'était exactement ce que nous allions avoir ensuite. Terreur n'allait pas nous donner quelque chose que nous pourrions vaincre facilement.

— Où est cette chimère léopard des neiges avec ses amis ?

— Je pensais que tu ne voulais pas la tuer ? Tu as l'air prête à tuer quelque chose.

Arès avait un mélange d'amusement et de respect dans la voix.

— Bon sang, tu as raison. Je n'ai pas vraiment envie de tuer des trucs. Juste Terreur.

— Bella ?

Je me retournai à la voix de la femme qui appelait mon nom, ma peau devenant glacée et mon cœur s'arrêtant presque dans ma poitrine.

— Bella, viens ici !

Mes tripes se tordirent, et la bile monta dans ma gorge tandis que je tournais sur moi-même, à la recherche de la propriétaire de cette voix douce et maladive.

— Qu'est-ce qui ne va pas ?

Arès fut à mes côtés en un instant.

— Ma... ma...

Je ne terminai pas ma phrase bégayée.

— Bella !

La peur s'empara de tout mon corps, Ischyros réagit en chauffant à blanc. Les souvenirs s'écrasèrent sur moi.

Des souvenirs horribles. Des souvenirs que j'avais passé un long moment à essayer d'oublier.

— Ma gardienne de prison, murmurai-je en serrant mon épée à deux mains.

— Je suis là, Bella, dit Arès, attrapant mes bras. Ce n'est pas réel. C'est juste la montagne.

Mais alors que je le regardais dans les yeux, attirant ses mots autour de moi, il fit un bond en arrière, ses mains s'arrachant de mes épaules.

— Arès ! criai-je alors qu'il volait en arrière sur la neige.

Il rugit de colère, agitant les bras mais une force invisible le plaqua contre le flanc escarpé de la montagne.

— Bella ! cria-t-il.

Il tendait la main vers moi, mais était visiblement incapable de bouger. Je courus vers lui, mais je me heurtai à une barrière invisible. Je balançai ma lame, et elle passa au travers. La voix de Terreur se glissa dans l'existence, comme si la montagne elle-même parlait.

— Ce test est juste pour Bella. Arès ne peut pas t'aider. Tu dois affronter tes peurs seule.

— Oh, Bella, reprit la voix féminine derrière moi.

Je déglutis, à peine capable de respirer quand je me retournai.

La gardienne de prison se tenait à trois mètres de moi, ses cheveux non lavés empilés en un chignon sur sa tête, et une lueur cruelle dans ses yeux.

— Bella, quel mauvais nom pour toi.

Je regardai la femme pendant qu'elle parlait.

— Tu es plus laide que tu ne l'as jamais été. Laide, épaisse et sans valeur. Pourquoi es-tu ici, Bella ?

— Laisse-moi tranquille.

Les mots s'échappaient à peine de ma gorge. Tout à

coup, j'étais de retour dans ma cellule, les murs sombres s'élevant autour de moi, me piégeant. Elle s'avança vers moi, un couteau à la main.

— Il ne t'aime pas, petite traînée brisée. Il se sert de toi.

Je ne pouvais pas me défendre. Elle m'avait frappée quand j'avais été en isolement. Quand il n'y avait eu personne pour la voir le faire. Quand je l'avais frappée en retour, elle m'avait dénoncée et mon isolement avait été prolongé, ainsi que ma peine.

— C'est l'heure d'une nouvelle coupe de cheveux, Bella.

Elle attrapa mes cheveux, me poussa la tête en arrière quand elle en attrapa une poignée. Je pouvais sentir le whisky sur elle.

— Tu peux me frapper en retour, mais alors tu resteras ici, seule avec moi, encore plus longtemps.

Sa voix était un murmure joyeux alors qu'elle se penchait près de moi.

La chaleur brûlait derrière mes yeux alors que je souhaitais que la brume rouge arrive.

Mais ça n'avait jamais été le cas quand elle avait fait de ma vie en prison un enfer. C'était arrivé à tous les mauvais moments. Elle était venue quand j'étais avec ceux qui ne le méritaient pas. Quand j'en avais eu besoin contre ce monstre, elle n'était jamais venue. Ma peur d'elle avait étouffé ma force et mon courage. Elle l'avait fait sortir de moi, et je n'avais pu le faire que lorsque j'étais hors de son pouvoir, dans tous les mauvais endroits.

Je pensais qu'échapper à sa langue cruelle et ses tentatives de m'affamer lorsque je sortirais de l'isolement et que je retrouverais les autres filles mettrait fin à ma peur. Mais elle trouvait toujours le moyen de me tourmenter, sachant que je ne risquerais pas de me retrouver seule avec elle. Quand j'avais fait mon temps et lui avais échappé, j'avais juré de ne plus jamais laisser la peur gagner. J'avais juré de ne jamais laisser libre cours à ma nature violente au mauvais endroit. J'avais juré de ne jamais me laisser rester dans un endroit où je pourrais être transformée en monstre.

Parce que je savais qu'elle me pousserait trop loin un jour. Elle le savait aussi à un certain niveau, j'en étais sûre. Ses provocations, ses abus, c'était pour me pousser à bout. Et alors il serait trop tard. J'aurais passé toute ma vie en prison pour avoir fait quelque chose d'impardonnable, au lieu d'être simplement prise dans les rings de combat illégaux. Elle aurait libéré le monstre qui est en moi.

Arès contrôlait le monstre qui était en lui. Je l'avais vu, dans toute sa sauvagerie, et il pouvait le contrôler. La pensée s'était répandue en moi, lentement d'abord, mais me soutenant à mesure qu'elle prenait de l'ampleur, ma peur et mon choc paralysants faisant place à une pensée rationnelle.

Quand son souffle chaud toucha ma joue, et que je sentis le couteau glisser dans mes cheveux, je réalisai que ma peur n'était pas du tout celle d'elle. C'était de perdre le contrôle.

— Tu n'es pas réelle.

Je prononçai les mots en croassant, et elle fit une pause. Lentement, elle rapprocha son visage du mien et pointa le couteau sur ma gorge.

— Je me sentirai réelle quand ce couteau s'enfoncera ici, gloussa-t-elle.

— Je t'ai battue. J'ai gardé le contrôle et je suis sortie. Tu n'es pas réelle et j'ai déjà gagné.

Dire ces mots était comme une lumière qui s'allumait dans un endroit horriblement sombre et enfoui en moi.

J'avais toujours considéré ma peur d'elle comme un échec. Mais tout ce temps, j'avais été le vainqueur. J'avais gardé le contrôle.

Je bougeai mon épée sans réfléchir, la peur qui me figeait sur place ayant disparu. Ischyros appuya sur ses tripes et ses yeux s'agrandirent tandis que sa bouche s'ouvrait. Le couteau tomba de sa main.

— Tu n'es pas réelle, donc je pourrais te tuer si je le voulais, dis-je.

Elle fit un pas en arrière, rapidement.

Avec un cri sinistre, elle commença à se transformer devant moi, sa peau pâle se transformant en fumée pâle. En quelques secondes, elle disparut, emportée par la neige.

— Attends !

Après toutes ces années passées à nourrir une peur si profonde de cette femme, je voulais avoir plus de temps pour me délecter de ma victoire, pour me rendre compte que j'avais avancé et que j'étais devenue une meilleure personne, malgré ce qu'elle m'avait fait. De plus, j'avais en quelque sorte aimé la menacer. Elle le méritait, même si elle était une création de Terreur.

Mais elle était partie, et le chemin de montagne était désert, en dehors de la neige. Je me tournai vers Arès, et la voix de Terreur retentit à nouveau.

— Il est temps que vienne le tour du puissant Dieu de la guerre.

La voix de Terreur contenait une jubilation à peine contenue, et elle me fit frissonner. Mon corps se mit à bouger de lui-même, me faisant déraper sur le flanc de la montagne tandis qu'Arès se dirigeait vers l'endroit où je me trouvais. Son regard trouva le mien alors que nous nous croisions, et la peur qu'il contenait fit palpiter mon cœur dans ma poitrine.

Il était terrifié.

Il savait ce qui allait se passer.

VINGT

BELLA

— Je suis désolé.

Sa voix résonnait dans ma tête, chargée de douleur. Avant que je puisse répondre, une minuscule vieille dame ratatinée apparut en clopinant.

— Pourquoi cherchez-vous l'oracle ?

Sa voix était profonde et claire comme du cristal, rien à voir avec ce que j'attendais d'elle.

— Non, croassa Arès. S'il vous plaît.

— Vous voulez savoir si vous pouvez diriger le monde ?

— Non ! Je ne veux pas du monde !

C'était comme si elle entendait une réponse différente de celle qu'il donnait.

— Un si jeune dieu, de si grandes aspirations, reprit l'oracle d'un ton songeur. Vous êtes à peine né et vous cherchez des réponses à des questions que je ne peux vous donner.

J'avalai avec difficulté en réalisant ce que je voyais. Arès revivait un souvenir, tout comme moi.

— Je n'ai pas besoin de votre aide, croassa Arès.

L'oracle se mit à rire.

— Très bien. Comme vous avez voyagé si loin, je vais vous dire quelque chose. Vous êtes fort, mais vous pourriez l'être encore plus. Il y a une autre personne qui partage votre force.

Mon souffle s'arrêta et mon estomac se retourna. Arès se détourna de l'oracle pour me regarder fixement.

— Je suis désolé, dit-il, à peine audible.

L'oracle continua à parler.

— Tant qu'elle vivra, tu ne seras jamais immortel. La force d'un dieu doit être la sienne, et tant qu'elle sera partagée entre deux êtres, tu seras plus faible que tes frères. Si elle vit, tu seras entravé.

L'oracle scintilla et disparut, et un grand lit apparut au-dessus de la neige. Une jeune femme y dormait, de courts cheveux blonds en éventail sur l'oreiller.

C'était moi.

— Non ! cria Arès.

Une version de lui sans armure et aux cheveux beaucoup plus courts marchait dans la neige.

— Laisse-la !

Je respirais à peine alors que je regardais le jeune Arès atteindre le lit et sortir une dague brillante de sa ceinture. Il pencha la tête en la levant au-dessus de moi, puis s'arrêta. Lentement, ses yeux s'agrandirent, s'adoucirent pendant une fraction de seconde avant de devenir d'acier. Il remit la dague dans son fourreau et plaça ses deux mains sur ma forme endormie, fermant les yeux en signe de concentration. Ma forme commença à briller d'un rouge éclatant, puis disparut.

— J'aurais dû te le dire. Je...je...

Arès s'interrompit alors que l'image devant nous changeait à nouveau.

C'était moi, habillée en paysanne, courbée et creusant avec de la boue sur le visage. Un cheval galopait sur le chemin de la montagne, un cavalier couvert d'acier brandissant une épée. Mon visage se durcit alors que je me redressais, aucune peur sur mes traits juvéniles. Mais je n'avais aucune chance contre le cavalier.

Je ne pus m'empêcher de reprendre mon souffle lorsque l'épée du cavalier sépara ma tête de mes épaules. Arès émit un son étranglé, et l'image changea à nouveau. Cette fois, j'étais habillée en servante, un plumeau à la main. Je regardais, respirant à peine, les flammes qui éclataient sur la neige et consumaient lentement et douloureusement mon apparition.

— Non, s'étouffa Arès.

L'image changea encore une fois, et comme une ligne de temps détraquée de l'histoire humaine, je me vis mourir encore et encore, à un moment et dans un lieu différent.

Mon esprit n'arrivait pas à donner un sens aux images, ni à comprendre ce que cela signifiait.

— Qu'est-ce que c'est ?

— Je ne pouvais pas te tuer. L'oracle a dit que je devais te tuer pour obtenir ma véritable immortalité, mais quelque chose m'en a empêché. Alors je t'ai envoyée loin de l'Olympe pour ne pas avoir à partager mon pouvoir. Et... Et au lieu de mourir de ma main, tu es morte un millier de fois dans le monde des mortels.

Sa voix se brisa sur le dernier mot, et une douleur intense traversa notre connexion, faisant que mes propres yeux se remplirent de larmes brûlantes.

C'était ce qu'Arès avait fait et qu'il ne pouvait pas me dire.

Et maintenant, sur cette montagne, il était forcé de

vivre sa pire crainte. Était-ce moi qui le découvrais ? Ou était-ce d'avoir à voir les conséquences de ses actions ?

Je regardais en silence l'image qui s'offrait à nous, moi ensanglantée et blessée, allongée sur un lit crasseux dans une robe démodée déchirée. Un petit chat aux yeux ambrés était pelotonné à côté de moi alors que la vie quittait mes yeux.

Zeeva avait dit qu'elle était avec moi depuis plus longtemps que je ne le savais. C'était réel. J'avais vécu un millier de vies dont je ne me souvenais pas. Arès m'avait bannie du monde auquel j'appartenais et j'avais vécu un cycle sans fin de vies impuissantes et violentes à la place.

Je n'aurais jamais pu m'intégrer. Et je ne l'aurais jamais fait.

— Tu es revenu me chercher quand tu avais besoin de ton pouvoir. Quand Zeus a pris le tien, tu m'as cherchée après des milliers d'années.

Le regard d'Arès était une pure angoisse alors que je parlais.

— Mais si cela n'était pas arrivé, je serais toujours là. Destinée à mourir malheureuse, pour tout recommencer. Dans un monde auquel je n'appartiendrais jamais, dans lequel je ne trouverais ni satisfaction ni joie.

Une larme chaude glissa sur ma joue. L'idée d'être piégée pour une éternité dans un malheur sans fin me rendait malade. Et la douleur d'Arès qui m'arrivait directement dans les tripes me rendait instable. Je n'arrivais pas à trier les émotions, à les mettre dans le bon ordre. Je n'arrivais pas à faire la part des choses entre ce qui était important et ce qui ne méritait pas qu'on s'en occupe. Je regardai un ancien Égyptien plonger un couteau court dans ma poitrine, derrière Arès.

— Je suis désolé, répéta-t-il.

Jamais trois mots n'avaient semblé plus sincères, plus chargés de vérité. Mais ils ne s'intégraient pas, la révélation de la vie que j'avais vécue prenant trop de place dans ma tête.

Aucun de nous ne vit la chimère avant qu'elle ne bondisse.

BELLA

Un poids solide s'abattit sur moi. Je ressentis une douleur à la cuisse et à l'épaule, puis je m'écrasai dans la neige glacée. Le rouge envahit ma vision, et mon environnement ralentit alors que ma vision de guerre se mettait en marche.

La chimère roulait avec moi, la tête du léopard des neiges se cabrant pour revenir. Je poussai ma tête alors que notre roulade dans la neige se poursuivait au ralenti, me laissant sur le dessus de la créature. Je sautai, puis je hurlai de douleur car j'avais l'impression que le muscle de ma cuisse était arraché de mon corps. Je retombai sur la chimère, mon saut ayant été contrecarré.

Haletant pour respirer, je regardai ma jambe. Les mâchoires du serpent étaient fermement serrées autour d'elle. Une douleur fulgurante traversa mon autre épaule et je réalisai que ma distraction m'avait coûté cher. La tête du léopard s'était retirée, un morceau de ma chair pendait de ses mâchoires.

La puissance surgit dans mon corps, la douleur se transformant en fureur à la vitesse de l'éclair. L'image de moi dans la robe violette avec une armée derrière moi envahit mon esprit, et je déversai autant de rage que je pouvais sur la chimère, poussant *Ischyros* vers son cœur alors que nous dérapions sur le chemin de la montagne.

Cela fonctionna.

La chimère fut projetée en arrière avec plus de force que je ne pensais pouvoir en posséder, et je hurlai à nouveau lorsque les mâchoires du serpent furent arrachées de ma jambe. Je réalisai en un instant que j'avais fait une erreur. L'élan créé en projetant cette chose loin de moi fonctionnait dans les deux sens, et je volais en arrière presque à la même vitesse que la chimère.

Lorsque mon dos toucha le sol, je commençai à glisser. Je me fouillai dans la neige, essayant désespérément de trouver quelque chose à quoi me raccrocher, vaguement consciente du fait que la chimère s'était écrasée contre le flanc abrupt de la montagne. Si la chimère avait été projetée vers la montagne, cela signifiait que j'allais dans la direction opposée. Vers le bord du chemin de la montagne.

— Bella !

Le rugissement d'Arès était assourdissant, puis je heurtai quelque chose de mou mais ferme, me faisant déraper sur le côté. C'était sa barrière, réalisai-je, la reconnaissant immédiatement après qu'il l'ait utilisée pour m'empêcher de tomber.

La magie, espèce d'idiote ! Tu as de la magie !

Puisant dans le puits de puissance qui brûlait en moi, je projetai mes propres murs d'air, tout autour de moi. Avec un claquement douloureux, je frappai le premier, puis le second, avant de m'arrêter, heureusement. Je fermai les yeux et laissai ma tête s'effondrer sur le sol, envoyant immédiatement mon pouvoir sur ma jambe, pour tenter de la soigner. Je ne la regardai pas. Je savais que ce serait un désastre.

— Bella ! Est-ce que tu vas bien ?

Un grognement me fit rouvrir les yeux. Comment la chimère avait-elle survécu au choc avec la montagne ?

Me redressant aussi vite que possible, je scrutai le chemin de la montagne, mais il était difficile de voir à plus de quelques mètres à travers le blizzard. Je pouvais voir la lueur dorée d'Arès cependant.

— Arès ? criai-je.

Puis mon cœur fit un bond dans ma poitrine quand il se précipita vers moi, une chimère s'attaquant à son armure d'or. Mais cette chimère avait un serpent rouge à la place de la queue. C'était une autre chimère.

D'autres grognements retentirent, de plus en plus forts, et mon cœur commença à battre contre ma cage thoracique. Arès donna un coup d'épée, faisant reculer la créature à queue rouge juste une fraction de seconde, alors qu'au moins six autres rôdaient dans le blizzard. Elles marchaient toutes au ras du sol, les épaules se balançant en avançant. Prêtes à bondir.

Je jetai un coup d'œil à ma cuisse, sachant déjà que je ne pourrais pas tenir debout. La bile monta dans ma gorge à cette vue. Je pouvais voir l'os. Ma magie était assez forte pour bloquer la plupart de la douleur, mais elle ne pouvait pas guérir ma jambe à temps pour que je puisse me battre.

La peur s'empara de moi, commençant dans ma poitrine et se propageant vers l'extérieur, une crainte glacée parcourant mes membres et prenant possession de ma tête.

— Arès !

Une des créatures lui sauta dessus, suivie immédiatement par une seconde.

— Arès !

Il avait levé son bouclier et se déplaçait rapidement, assénant coup après coup sur les énormes créatures, mais il y avait six têtes aux dents et cornes vicieuses, et un seul lui. Une troisième rejoignit le combat.

— Je ne prendrai pas ton pouvoir ! Tu en as besoin pour guérir, hurla le Dieu de la guerre en esquivant.

Il se maintenait entre moi et la meute.

J'essayai de me lever, en utilisant mon épée pour me pousser, mais ma jambe inutile me lâcha avant même d'avoir fait la moitié du mouvement.

La frustration m'échappa dans un rugissement.

Il ne pourrait pas les battre seul. Et certainement pas s'il ne prenait pas mon pouvoir.

— Tu le dois ! Prends-le et défends-nous !

Il ne répondit pas, ne le pouvait pas, car une autre chimère rejoignit la mêlée, claquant sa mâchoire à ses pieds.

La fureur de ne rien pouvoir faire me tenaillait, et j'essayai une fois de plus de me mettre debout, sans utiliser du tout ma jambe endommagée. Avec l'aide de ma lame, je réussis à me mettre sur un genou, mais mon exaltation fut de courte durée.

Ils étaient trop nombreux pour qu'Arès puisse les retenir, et j'eus à peine le temps de lever mon bouclier avant qu'une chimère ne bondisse sur moi.

Contrairement à ce qui s'était passé auparavant, je ne dérapai qu'une fraction de seconde, renversée en arrière par la force de la créature. Le temps que je réalise ce qui s'était passé, il était trop tard.

Je ressentis un engourdissement presque détaché alors

que je sentais le sol sous moi disparaître, et j'entendis le cri animal de la chimère alors qu'elle réalisait elle aussi ce qui se passait.

Je tombais. Je tombais dans le vide, avec rien d'autre que de la neige autour de moi. Je survivrais à la chute. Mais Arès mourrait dans les mâchoires de la chimère. À la pensée de son visage, je sentis une vague d'agonie à travers notre lien, et la peur pour sa vie m'envahit.

Instinctivement, je commençai à pousser mon pouvoir vers le lien, essayant de le forcer à quitter mon corps, à l'atteindre. Tout ce que j'avais appris sur lui, mon passé, ce qu'il m'avait fait, n'avait plus aucune importance à l'idée de le perdre.

Pendant un instant, je crus que cela marchait. Je pouvais sentir l'énergie quitter mon corps, la connexion s'intensifier.

Mais ensuite je touchai le sol.

VINGT-DEUX

BELLA

Je me réveillai avec un sursaut de peur, et des étoiles de lumière clignotantes traversèrent ma vision alors que je me redressais en haletant.

— Je suis en vie.

Les mots choqués sortirent comme un croassement, qui se transforma en un gémissement lorsque la douleur me frappa.

Ma jambe. Je baissai les yeux, combattant la nausée à la vue de la blessure béante. Je fermai les yeux et inspirai, essayant de rassembler mes pensées éparpillées, de me concentrer. Tout était brumeux, les souvenirs et les émotions se bousculaient dans ma tête comme des animaux déchaînés, et mon corps était à moitié engourdi et à moitié brûlant de douleur. C'était comme si ma jambe prenait tellement de place dans ma conscience physique que tout le reste avait perdu toute sensation.

Reprends-toi, Bella. Tout d'abord, où suis-je ? Et où est Arès ?

J'ouvris les yeux et regardai partout sauf vers ma jambe blessée.

Il faisait sombre, mais je pouvais voir suffisamment pour établir que j'étais dans une cellule.

La panique s'empara de ma poitrine alors que je réalisais que j'étais dans une sorte de prison. J'essayai de bouger, et un cliquetis retentit.

— Oh mon dieu.

Mes poignets étaient menottés. La douleur de ma jambe était si forte qu'elle avait bloqué le fait que j'étais enchaînée. Je levai mes mains menottées vers ma tête, désespérément, la chaîne tirait.

Mon casque était parti. Tout comme Ischyros.

— Non, non, non.

Je pouvais sentir la panique monter en flèche, la peur et la confusion s'installer. Mais aucun pouvoir ne venait avec. Pas de brume rouge, pas de montée en puissance. Arès m'avait parlé de menottes qui empêchaient l'utilisation de pouvoirs magiques. Il avait dit qu'on pouvait les utiliser sur le démon.

Mais il avait aussi dit que seuls les trois frères, Zeus, Hadès et Poséidon pouvaient les utiliser. Cela signifiait sûrement qu'ils ne pouvaient pas être ceux-là ?

Je haletai, luttant pour me contrôler. Je pouvais sentir ma boule de pouvoir brûlante, chaude et prête sous mes côtes. Elle était toujours là. J'essayai de l'envoyer vers ma jambe, pour guérir la douleur débilitante. Mais il ne se passa rien

Trouver Arès. Les souvenirs du flanc de la montagne déferlèrent dans mon esprit, le ressentiment amer se manifesta en réponse au fait de voir ma propre mort jouée encore et encore...

— Pas maintenant, Bella, sifflai-je à voix haute. Une chose plus importante à gérer.

J'avais besoin de savoir où j'étais, et qui m'avait enchaînée. C'était mon problème le plus immédiat. Ça et la blessure à ma jambe.

Les alentours d'abord, pensai-je.

Je résistai encore à l'idée de voir la gravité de la blessure.

J'étais assise sur un plancher en bois, et les murs sur trois côtés de la petite pièce étaient également lambrissés de bois. Le dernier mur était une série de hautes barres de fer. Des barreaux de cellule.

Une lente reconnaissance s'infiltra alors que je fixais le lambris. Je l'avais déjà vu avant, dans la pièce pleine de tables en pierre.

J'étais sur le vaisseau du démon.

Comment était-ce possible ? J'étais censée participer aux épreuves d'Arès ! Personne n'était censé interférer avec !

Une nouvelle peur me saisit, mais cette fois pour Arès. C'était instinctif, et cela noya le trouble de ce que j'avais récemment appris sur lui. Quoi qu'il ait pu arriver dans le passé, je savais que je ne voulais pas qu'il meure. La bile monta dans ma gorge à cette idée et je cherchai en moi le lien avec lui. Héra avait confirmé ce que je savais déjà, qu'il y avait deux liens distincts entre nous. Celui qui était là depuis le début, celui que je sentais quand il utilisait mon pouvoir, était inerte, la distance entre nous étant trop grande pour qu'il fonctionne. Mais l'autre, celui qui s'était épanoui plus tard et qui portait ses émotions, sa présence, son essence même, était celui que je recherchais.

Une faible étincelle d'angoisse me traversa, et je sus que ce n'était pas la mienne. Arès était vivant. Mais loin, très loin.

Avec un sentiment de soulagement, j'essayai à nouveau d'invoquer mon pouvoir, me forçant finalement à regarder la morsure dans ma cuisse. Le sang avait coagulé, je n'étais donc pas en danger immédiat de perte de sang, mais c'était extrêmement chaud au toucher, et de nombreuses couches de muscle et de chair étaient visibles au-dessus de l'os pâle. Il n'y avait aucun moyen d'éviter une infection. *Enfin, si elle n'est pas déjà empoisonnée.* Je savais, grâce à mon expérience précédente avec la manticore, que les créatures de l'Olympe avaient beaucoup d'autres façons désagréables de tuer, en plus de toutes les dents et les griffes.

Comme mon pouvoir de guérison ne répondait pas, j'essayai d'invoquer une boule de feu, mais rien ne se passa. Une rage impuissante montait en moi à mesure que j'essayais, en vain, d'utiliser l'énergie brûlante emprisonnée dans mon corps. C'était tout ce que je pouvais faire pour ne pas me mettre à hurler de frustration.

J'avais passé toute ma vie à avoir l'impression que j'allais exploser de l'intérieur. Comme si une personne dix fois plus grande que moi essayait de sortir du corps dans lequel elle était piégée.

Et je soupçonnais maintenant que j'avais passé beaucoup, beaucoup de vies à me sentir comme cela. Alors que je n'avais que la douleur pour me distraire, la révélation d'Arès se fraya un chemin à travers mes autres pensées, demandant mon attention.

Combien de vies avais-je vécues ? Je n'étais pas surprise que tant d'entre elles se soient terminées violemment. Le besoin de confrontation faisait partie de moi. Avais-je réussi à mieux le contrôler à chaque fois que je naissais dans une nouvelle vie ?

Zeeva m'avait dit qu'au fil des ans, mon pouvoir s'était

infiltré en moi et dans ma lame. Je ressentis un pincement au cœur quand je pensai à Ischyros. Mais ses mots avaient un sens maintenant. Le pouvoir m'avait quittée et s'était stocké dans l'arme pendant des milliers d'années, pas seulement pendant cette courte durée de vie.

C'est Arès qui m'a fait ça. Ses mots remplis de douleur sur la montagne me revinrent en mémoire. *Au lieu de mourir de ma main, tu es morte un millier de fois.*

Mais je ne me souvenais d'aucune de ces morts. En fait, ce n'était pas le fait de mourir à plusieurs reprises qui avait brisé mon cœur avec un sentiment de trahison. Au lieu de cela, c'était de savoir que chaque fois que je recommencerais, ce serait tout aussi horrible et insatisfaisant que la dernière fois. C'était l'idée de vivre la même vie misérable encore et encore qui faisait bouillir la fureur et le ressentiment sous ma peau. Il avait choisi de me piéger dans un cycle sans fin de misère.

Pourrais-je lui pardonner cela ?

J'aurais préféré qu'il me tue en premier lieu ?

Non. Je suis là maintenant. Et il m'aime.

Je savais qu'il m'aimait. Il était impossible que l'Arès qui s'était tenu devant moi sur la montagne prenne la même décision maintenant. Il avait prévu de me dire la vérité. Après les épreuves. Il avait prévu d'affronter sa peur que je le découvre, et les conséquences qui en découlaient.

Mais il m'avait pris ma vie à l'Olympe, mon pouvoir, et toute la famille que j'aurais pu avoir. Il devait savoir que je n'aurais jamais ma place dans le monde des mortels. Savait-il à quel point je serais piégée et malheureuse, pour toujours ? Pire, sa motivation était la cupidité. Désir de force et de pouvoir, pur et simple.

Je serrai les dents et retombai sur les planches, mon

épaule et ma jambe martelant de douleur, et la frustration et la tristesse menaçant de me submerger.

Je n'avais jamais ressenti quelque chose comme ce que je ressentais pour Arès. J'étais lié à lui, d'une manière qui allait au-delà de tout ce qui était tangible. Mon âme, aussi vieille et dérangée qu'elle puisse être, était liée au Dieu de la Guerre d'une manière qui ne pourrait jamais être défaite.

J'avais vécu la plus grande partie de cette vie, du moins, en m'accrochant à la croyance qu'une personne pouvait changer, pouvait faire des erreurs et en revenir. Si nous ne pouvions pas être pardonnés pour nos erreurs, alors j'étais une cause perdue. J'avais besoin de croire au pardon, pour ma propre santé mentale.

Mais pourrais-je lui pardonner ?

Arès n'était plus l'homme qui m'avait envoyée endurer cette existence misérable, n'est-ce pas ?

Quand je me réveillai à nouveau, c'était pour entendre une voix masculine claire et joyeuse.

— Petit-déjeuner ?

Je m'assis rapidement, réussissant cette fois à supprimer le gémissement de douleur.

La colère furieuse m'avait tenue éveillée aussi long-temps que mon corps pouvait le supporter, mais la chute de la montagne l'avait emportée et j'avais fini par m'éteindre complètement. Aucun rêve ne m'avait trou-blée, et je n'avais aucune idée du temps pendant lequel j'avais dormi. J'avais mal au corps à cause des planches de bois, mais l'inconfort était à peine perceptible par rapport à l'élancement de ma jambe. Je pensai que c'était légèrement moins fort que lors de mon premier réveil.

— Qui êtes-vous ? Pourquoi suis-je ici ? criai-je, en clignant des yeux dans la pénombre.

La lumière perça doucement l'obscurité à travers les barreaux de la cellule, faisant pleurer mes yeux.

— J'ai pensé que tu voudrais peut-être manger quelque chose.

Le beau visage de Douleur apparut de l'autre côté des barreaux. Il portait des vêtements de style Erimosian et un énorme sourire.

— Qu'est-ce qui se passe, bordel ? Pourquoi je ne suis pas aux Épreuves ?

— Vous avez perdu, petite déesse.

L'excitation dansait dans ses yeux sombres.

— Quoi ?

— Vous n'êtes pas arrivée au sommet. Tu es tombée de la montagne, et Arès a été rattrapé par la chimère quand il a perdu l'accès à ton pouvoir.

— Il est blessé ?

— Oui. Il va probablement mourir dans les prochaines heures.

Un pur plaisir était écrit sur son visage, et une furie chauffée à blanc grimpa dans ma poitrine.

— S'il meurt, je jure devant Dieu...

Douleur m'interrompit.

— Tu ne peux rien faire, petite déesse. Quand il mourra, tu deviendras le nouveau Dieu de la Guerre. Et Terreur a passé un accord. Si Arès perd les épreuves, on obtient le Dieu de la Guerre.

— Vous me prenez à sa place ?

— Bien sûr. Que voudrions-nous d'un dieu mort ?

— Les autres Olympiens ne le laisseront pas mourir, répondis-je désespérément.

— Les autres Olympiens n'ont pas le choix. Il a participé aux épreuves de son plein gré et il était pleinement conscient des risques. Et d'ailleurs, il leur est inutile maintenant, il n'a aucun pouvoir. C'est toi qui as tout.

Je me sentis mal en regardant le Dieu jubiler. Mon esprit nageait, incapable de croire ses mots.

— C'est un dieu. Il ne peut pas mourir.

— Non. Vous deux réunis êtes un dieu. Le pouvoir n'a besoin que d'un seul d'entre vous. Maintenant, veux-tu cette nourriture ?

— Va au diable, crachai-je. Où est Arès ?

— Loin d'ici, et au-delà de ton aide.

Son regard se dirigea vers les menottes sur mes poignets.

— Qu'est-ce que c'est ?

Je les secouai vers lui. La peur et la colère montaient en un tel crescendo en moi que j'étais à peine consciente de mes actions.

— Ce sont elles qui t'empêcheront de le sauver, dit-il en souriant.

Se penchant, il posa le plateau sur le sol, devant les barreaux.

— Terreur viendra te chercher quand Arès aura enfin abandonné son combat contre la mort. Nous attendons un visiteur, et lorsqu'il arrivera, il faudra te présenter à lui.

Avec un dernier sourire de détraqué, il se retourna et s'en alla, emportant la lampe avec lui.

Un bruit désespéré s'échappa de ma gorge alors que je cherchais en moi la connexion avec Arès. La peur me saisit encore plus fort quand je me rappelai ce que Héra avait dit. *La distance n'affaiblit pas le lien entre nos âmes.*

Cette constatation fit couler des larmes de mes yeux brûlants. Le lien était si faible parce qu'Arès était faible. Dans un élan de certitude, je sus que Douleur disait la vérité.

Arès était en train de mourir.

VINGT-TROIS

BELLA

Le doute que j'avais de pouvoir pardonner à Arès fut balayé par un raz-de-marée d'émotions si intenses que je crus qu'elles allaient éclater dans ma poitrine.

Il ne pouvait pas mourir. Il ne le pouvait pas.

Je l'aimais, et je ne pouvais pas supporter l'idée d'une vie sans lui. Il était une partie de moi, et ma vie ne vaudrait pas la peine d'être vécue avec un trou de cette taille dans mon cœur.

La partie rationnelle de mon esprit qui savait qu'il était absurde de ressentir une telle force, que je le connaissais à peine, que tous mes instincts de survie étaient clairement bousillés, était silencieuse.

Je devais le sauver.

Je secouai mes poignets aussi fort que je le pouvais, tandis que des larmes coulaient de mes yeux. La masse d'énergie qui bouillonnait cherchait désespérément à s'échapper de moi, mais j'avais beau essayer de la forcer à sortir, elle restait piégée à l'intérieur.

Je devais rejoindre Arès, je devais lui donner mon immortalité.

Un sanglot se fraya un chemin dans ma gorge.

J'avais besoin de sauver sa vie.

Je cherchai notre lien, essayant de ressentir pour lui. Il était encore plus faible qu'avant, une douleur angoissante émanant de lui qui fit couler plus de larmes sur mes joues.

Je réalisai que ce n'était pas une douleur physique qu'il ressentait. C'était ce qu'il m'avait fait qui lui faisait mal.

— C'est bon, dis-je à haute voix.

Je fermai les yeux et serrai les poings dans un désespoir impuissant.

— Je te pardonne, Arès. Tu aurais dû prendre mon pouvoir. Tu aurais dû le prendre sur la montagne.

Ma voix se brisa, de nouveaux sanglots prirent le dessus alors que j'essayais stupidement de forcer mon pouvoir vers lui.

— Tu aurais dû le prendre, criai-je.

La chaleur en moi étant insupportable, le vide auquel je devrais faire face sans Arès était une torture à envisager.

Je sentis un tiraillement dans mes tripes, et mes sanglots bégayèrent.

— Arès ?

L'attraction devint plus forte, la connexion électrique s'anima.

— Arès !

J'injectai de l'énergie dans le lien avec tout ce que j'avais, la boule d'énergie brûlante et illimitée se rétrécissant rapidement tandis que je forçais chaque once vers Arès, pour lui sauver la vie.

Ce ne fut que lorsqu'il n'y eut plus rien qui brûlait dans ma poitrine que je sentis la connexion se couper brusquement. Comme si je sortais d'une transe, je sursautai. Je lui avais tout donné. Il avait tout mon pouvoir. Cela devait être suffisant pour le sauver, pour le rendre immortel à nouveau. *C'était obligé.*

En m'affaissant sur les planches, je laissai les larmes couler, cette fois-ci alimentées par le soulagement. Il allait survivre. Il devait survivre.

Je n'étais pas une personne qui se permettait vraiment de pleurer, mais une fois que les larmes commençaient, je ne pouvais plus les arrêter. Je réalisai que je pleurais pour tout ce que j'avais enduré depuis mon arrivée à Olympe. C'était comme si tout le bien et tout le mal s'étaient rassemblés et se déversaient hors de moi dans un raz-de-marée d'émotions. Je pleurais pour la douleur, la trahison et la frustration que j'avais ressenties, mais je pleurais aussi pour la joie pure de tomber amoureuse d'Arès. Je pleurais de gratitude parce que je savais que même si je mourais maintenant, j'avais connu son amour. Je pleurais parce qu'il me manquait déjà, parce que j'avais besoin de lui à mes côtés. Et je pleurais parce que je ne pouvais pas supporter l'idée de le perdre.

Après ce qui me semblait être une éternité, je tombai avec gratitude dans un long sommeil sans rêve, jusqu'à ce qu'une détonation retentisse dans l'obscurité. Je me redressai et je me réveillai instantanément. Le simple fait de soulever mon corps était difficile. Sans la capacité d'utiliser mon pouvoir, j'étais faible et fatiguée. Mais Arès avait mon pouvoir maintenant. Il allait venir, et ce serait à mon tour d'être secourue.

— Je ne sais pas ce que tu as fait, mais il semblerait que j'ai sous-estimé la force de ton pouvoir et de tes sentiments. Et l'effet des menottes sur les liens magiques internes.

Des vrilles glacées parcoururent mon corps quand je reconnus la voix. La lumière explosa dans la cellule, me faisant sursauter et faisant couler encore plus de liquide de mes yeux.

Je serrai les dents et parlai alors qu'une silhouette s'approchait des barreaux de la cellule.

— Les gens ont l'habitude de me sous-estimer, Aphrodite.

ARÈS

— Je dois la rejoindre !

— Tu ne lui seras d'aucune utilité dans cet état. Tu dois te reposer.

— Mère, laissez-moi partir !

Héra me regardait fixement, sa magie me clouant au lit somptueux dans lequel je m'étais réveillé. Le pouvoir de Bella se déversait dans mes veines, ressoudant ma peau déchirée et remplissant mon corps d'une force et d'une vitalité préservant la vie. Mais elle était trop loin pour que je puisse accéder à son pouvoir, et je ne savais pas comment elle me l'avait envoyé. Au début, j'avais craint le pire - je savais que je recevrais son pouvoir au moment où elle mourrait. Mais je pouvais sentir sa présence à travers le lien entre nos âmes. Elle était en colère, frustrée et effrayée, mais elle était vivante.

— Arès, si tu vas la voir avant d'être guéri, alors ses sacrifices, et les tiens, auront été vains.

Héra, Reine des Dieux et ma mère, poussa un long soupir avant de s'asseoir sur les draps de soie à côté de moi.

— Je suis désolée, vraiment, que ce soit ton fardeau à porter. Mais cela en vaut la peine. Dès que tu seras assez fort, je t'aiderai à la rejoindre.

J'ouvris la bouche pour crier et argumenter, mais le chagrin dans ses yeux me fit taire. Elle avait l'air fatiguée, réalisai-je. Et les dieux n'avaient jamais l'air fatigués.

— Où étiez-vous ?

— Tu le sauras bien assez tôt, je le crains.

Elle portait une toge de couleur turquoise, comme elle le faisait souvent, mais son opulente coiffe de plumes de paon habituelle était absente, une simple couronne à la place.

— Vous avez manqué aux autres dieux, dis-je.

Elle me fit un sourire désabusé.

— J'espère, mon fils, que tu essaies de me dire que je t'ai manqué.

Je lui lançai un regard noir.

— Vos conseils sont honnêtes. Les Olympiens en ont besoin.

La vérité, c'était que ses conseils me manquaient. Ils ne m'étaient jamais adressés explicitement – je n'avais pas ce genre de relation avec ma mère. Nous ne nous étions jamais livrés à des échanges à cœur ouvert. Je ne pensais pas que mon père l'aurait permis même si elle ou moi l'avions voulu. Mais je trouvais que sa présence était comme un baume lors des réunions des dieux. Elle était égale et juste dans la plupart des domaines, et farouchement loyale et vengeresse dans d'autres. Exactement comme elle devrait être.

— Je ne vous ai pas abandonnés, dit-elle calmement. On m'a demandé de diriger mon pouvoir ailleurs, mais j'ai fait tout ce que je pouvais pour assurer votre sécurité.

Je ne pus empêcher le grognement indigné qui s'échappa de ma bouche.

— C'est la première fois que je vous vois depuis que Zeus m'a volé mon pouvoir ! Jusqu'à ce que je trouve Bella, j'étais mortel !

— Et d'où t'est venue l'idée de la trouver ?

Je fis une pause avant de répondre.

— Un rêve.

Héra hocha la tête, sa bouche était une ligne fine.

— Envoyé par moi. Et la compagne de Bella ?

— Votre espion.

— Depuis très, très longtemps. J'ai veillé sur cette fille pendant des siècles, une fois que j'ai trouvé où tu l'avais envoyée.

— Pourquoi ?

— Parce que vous êtes tous les deux liés. Vous l'êtes depuis votre naissance.

Lentement, Héra se tendit, son doigt effleurant ma joue dans le geste le plus maternel qu'elle ait fait depuis mon enfance. Des flashbacks d'elle chantant pour moi, souriant, et un sentiment d'amour réel entre nous défilèrent en moi, me coupant le souffle.

— Tu sais que mon pouvoir est lié au mariage et aux véritables liens. Je suis capable de lier deux personnes lorsqu'elles ont trouvé l'amour l'une envers l'autre, mais je suis également capable de ressentir les liens qui existent sans mon intervention. Ceux qui sont créés par la magie, la prophétie ou le vrai destin. C'est ce qui existe entre toi et Enyo. Quand l'oracle t'a dit que seul l'un de vous pouvait être immortel alors que l'autre vivait, tu as supposé que cela faisait d'elle ton ennemie. Quand tu es allé la tuer, vous étiez tous les deux trop jeunes pour que le lien s'enflamme. Mais je savais qu'il était là, à attendre.

Je t'ai arrêté ce jour-là. J'ai envoyé le doute qui t'a fait réfléchir, qui t'a fait la retirer de notre monde au lieu de la tuer. Je ne pouvais pas te laisser détruire la seule chose au monde qui pouvait te rendre heureux, même si cela risquait aussi de te rendre mortel.

Je la fixais, les yeux écarquillés.

— Vous avez su cela toute ma vie ?

Héra hocha la tête, le regard sérieux.

— Pourquoi ne pas me l'avoir dit ?

— Tu ne m'aurais pas cru. Tu es aussi arrogant et têtu que ton père.

Elle avait raison, réalisai-je, les pensées se bousculant dans ma tête. Je ne l'aurais pas cru. J'étais certain qu'Enyo était la seule chose qui pouvait causer ma mort. Je n'aurais jamais cru que j'étais destiné à l'aimer.

— Comment avons-nous été liés ?

— Des pouvoirs au-delà de mon contrôle ou de ma compréhension. Nous ne savons pas qui a donné naissance à Enyo, seulement que c'était un Titan. Mais son pouvoir est le tien. Quand tu t'es débarrassé de Douleur, de Panique et de Terreur et que tu as retiré leurs pouvoirs des tiens, ils ont été retirés d'elle aussi. Vous faites partie l'une de l'autre.

— Je sais, soufflai-je.

Je me concentrai sur le visage de ma mère, et son expression s'adoucit juste un peu.

— Je l'aime. Et maintenant je sais que je n'ai jamais aimé auparavant.

Un sourire s'empara de la bouche d'Héra, chaleureux et en désaccord avec la douleur dans ses yeux.

— Un lien avec quelqu'un qui est aussi profond est la chose la plus joyeuse et la plus douloureuse qu'un être puisse connaître.

— Elle sait ce que je lui ai fait, mais elle a trouvé le moyen de m'envoyer son pouvoir. Elle m'a sauvé la vie. Encore une fois. Même si je lui ai volé la sienne.

— Arès, c'est uniquement grâce à la vie qu'Enyo a vécue dans le monde des mortels qu'elle est capable de te sauver. La prophétie est une chose étrange et souvent cruelle. Si elle n'avait pas vécu la vie qu'elle a vécue, elle ne serait pas devenue la Bella dont tu es tombé amoureux, la Bella qui est moralement bonne et qui pardonne. La Bella qui peut te sauver des pires parties de toi-même. Si elle avait vécu sur l'Olympe, capable de dépenser son pouvoir comme tu l'as fait, elle aurait fini comme toi.

— Alors pourquoi n'ai-je pas pu être celui qui a dû mourir d'une mort violente encore et encore, à sa place ? Pourquoi n'ai-je pas été celui qui a dû devenir mortel pour apprendre le pardon ? J'ai pu marcher dans un monde glorieux, traité comme un membre de la royauté, pendant qu'elle souffrait sans cesse.

Ma voix se brisa, la culpabilité m'envahissant alors que les images de Bella mourante sur le flanc de la montagne défilaient sans cesse devant moi.

— Je ferais n'importe quoi pour échanger ma place avec elle. N'importe quoi.

— Fils, elle ne se souvient d'aucune de ces morts. Et Bella a besoin d'être la personne qu'elle est. C'est ce qui la rend forte. C'est ce qui a donné vie au lien et vous a fait tomber amoureux l'un de l'autre.

— Je ne supporte pas l'idée de tout ce qu'elle a dû endurer, juste pour qu'elle puisse venir me sauver de ma propre monstruosité.

L'idée était insupportable.

— Arès, ne sois pas si égocentrique.

La voix d'Héra était tranchante, et je dirigeai mes yeux brûlants vers les siens.

— Quoi ?

— Bella n'est pas devenue ce qu'elle est pour te sauver ; elle est devenue ce qu'elle est pour se sauver elle-même. Elle est féroce, fière et forte à cause de ça, plus forte même que toi. Tu veux avoir ta chance de t'amender ? Eh bien, c'est à ton tour d'affronter l'adversité. C'est à toi de la sauver.

VINGT-CINQ

BELLA

— Héra vient d'annoncer publiquement que son fils va survivre. Tu as quelque chose à voir avec ça.

Le regard d'Aphrodite était dur alors qu'elle me fixait. Elle était d'une beauté féroce, portant le regard d'une reine de glace. Ses cheveux étaient aussi blancs que sa peau, ses lèvres et sa robe avaient la couleur du sang.

— Va te faire foutre, Aphrodite.

J'essayai de ne pas laisser mon soulagement sur mon visage en parlant. *Arès était avec Héra. Il s'en sortira.*

La femme siffla ses mots vers moi.

— Tu n'as aucun respect.

— J'ai beaucoup de respect, mais pas pour les trous du cul mesquins et jaloux.

— Je ne serais pas si généreuse avec mes insultes, si j'étais toi. Trois des divinités les plus déplaisantes de l'Olympe sont prêtes à exécuter mes ordres.

— Ah, donc tu vas me menacer avec les Seigneurs de la Guerre d'Arès au lieu de faire ton sale boulot toi-même ?

Je rétrécis mes yeux en la regardant.

— Pourquoi es-tu là ? Qu'est-ce que tu as à voir avec tout ça ? Et où est Éris ?

— Comme si j'allais te dire tout ce que tu voulais savoir. Tout ce qui est important, c'est que tu as perdu les épreuves d'Arès. Tu appartiens aux Seigneurs de la Guerre maintenant. Et ils travaillent pour moi.

Elle se pencha en avant à travers les barreaux, un sourire d'acier sur le visage alors qu'elle murmurait :

— Ce qui fait que tu es à *moi*.

Être lorgné à travers les barreaux de la cellule fit ressortir le pire en moi et j'agis instinctivement. Je reculai ma tête, et je lui crachai dessus.

La déesse de l'amour cria lorsque ma salive atterrit sur sa peau de porcelaine, et mes lèvres se retroussèrent en un sourire, les larmes séchées craquant sur mes joues.

Puis la douleur déchira mes poignets alors que j'étais soulevée dans les airs, mon corps tiré par les chaînes atta-chées aux menottes. Elles mordirent dans ma peau, le sang jaillit instantanément.

— Tu es une petite morveuse pathétique, aboya Aphrodite, en essuyant son visage parfait.

Mon corps s'éleva, et les menottes coupèrent plus profondément. J'essayais de donner des coups de pied, mais j'étais maintenue en l'air par une force invisible.

— Pourquoi es-tu là ? grognai-je, refusant de montrer à quel point j'avais mal.

— Je suis ici parce que je ne suis pas stupide, contrai-rement à cet imbécile dont tu es tombée amoureuse, cracha-t-elle, du venin dans la voix.

Mon esprit tourbillonnait, essayant de relier les points.

— Pourquoi les Seigneurs de la Guerre travailleraient-ils pour toi ?

— Ce sont peut-être des esprits de la guerre, mais ce

sont des hommes qui les hébergent. Et tous les hommes font exactement ce que je leur dis de faire.

Il y avait une note de suffisance dans sa voix glaciale.

Je bloquai la douleur qui déferlait sur mes bras et essayai de suivre le fil de mes pensées. Les pièces se mirent en place dans mon esprit.

— Tu travailles avec Zeus.

Elle pencha la tête vers moi.

— Zeus est le plus puissant de nous tous. Notre véritable chef. Seul un crétin se battrait contre lui.

— Tu veux dire Arès ?

Elle rit.

— Et Hadès et cet idiot de dieu des eaux, Poséidon. Ce sont tous des idiots. J'ai trouvé Zeus, même s'il utilisait le pouvoir du Gardien pour se masquer. Et je lui ai juré fidélité et lui ai offert mon aide. Il est mon vrai roi. Les épreuves d'Arès étaient un cadeau pour moi, pour exprimer sa gratitude. Zeus n'aura plus besoin du démon très longtemps, car il n'aura plus besoin de se cacher des autres dieux lorsque son plan sera achevé. Ainsi, quand Arès a été envoyé pour trouver le démon, j'ai vu une opportunité de soulager un peu mon ennui. Qu'est-ce qui pourrait être plus divertissant que de voir un dieu impuissant et surdimensionné vaincu par ses propres subordonnés ? J'ai contacté les Seigneurs de la Guerre et leur ai dit de trouver Arès et de lui offrir le démon s'il se soumettait à une série d'épreuves qui montreraient au monde à quel point il était impuissant.

— Tu ne t'attendais pas à mon pouvoir, alors, dis-je, de la rage dans la voix. Et quand nous avons commencé à gagner, tu nous as maudits à la place.

Des ombres sombres tourbillonnaient dans les yeux de la déesse.

— Tu m'as ridiculisée, et cela ne peut être toléré.

— Quand on a brisé ta malédiction, Terreur a fait monter les enchères. En forçant Arès à s'engager dans le dénouement.

La fureur aidait à bloquer la douleur, et mon dégoût pour Aphrodite dégoulinait de mes mots.

— Tu as utilisé Arès comme un putain de jouet pendant des années, puis tu as ruiné sa vie quand il n'a plus voulu de toi. Tu n'es qu'une ordure sans valeur.

Je donnai de violents coups contre les menottes alors que mon corps était tiré vers les barreaux, et je ne pus empêcher le cri de douleur lorsque le métal s'enfonça davantage dans ma peau.

— Tu n'as aucune idée de ce que je suis, siffla Aphrodite. Et tu n'as aucune idée de ce dont Zeus est capable. Je suis du bon côté de la guerre qui s'annonce, et je suis plus forte qu'eux tous. La façon dont je traite mes jouets va devenir ta vie entière, petite morveuse. Tu m'appartiens.

L'énergie qui me soutenait disparut et je m'écrasai sur le sol. La douleur de ma cuisse blessée lorsque je heurtai les planches fut aveuglante, le monde entier passant du noir au blanc éclatant tandis que mon cerveau semblait basculer. Pendant un moment, je crus que j'allais vomir. Une faible lumière revint dans ma vision alors que je haletais et que je m'agrippais au sol, attendant que le vertige s'estompe.

Quand j'eu enfin assez confiance en moi pour pouvoir bouger sans vomir, Aphrodite était partie.

— Bella ?

La voix me tira de rêves turbulents remplis de mort, de sang et de ténèbres.

— Bella, réveille-toi.

— Dégage.

Je levai mes bras menottés, essayant de les enrouler autour de ma tête qui battait et de faire taire la voix. De tout faire taire. Tout était trop sombre et brumeux.

L'épuisement m'avait pris complètement. Sans aucune énergie en moi, et *Ischyros* disparu, je me sentais aussi faible qu'un chaton. La blessure à ma jambe sapait ma force humaine de minute en minute et la douleur s'était engourdie de façon alarmante au cours des deux dernières heures. Je savais que si je ne pouvais plus la sentir, j'étais en difficulté.

— Ne me parle pas comme ça, claqua la voix.

Je m'arrêtai, la reconnaissant à travers mon brouillard de fatigue.

— Zeeva ?

— Oui.

Je gémis en bougeant mes bras. Ils tombèrent faiblement sur mes côtés quand j'essayai de m'asseoir.

La visite d'Aphrodite avait laissé des traces. La peau de mes poignets était déchirée et ensanglantée.

— Tu es sur le vaisseau ?

Il y avait une note d'espoir dans ma voix sèche et éraflée. J'étais douloureusement assoiffée.

— Je suis là.

Je plissai les yeux en direction des barreaux, et je vis un petit chat souple se faufiler entre eux dans la pénombre. Elle traînait quelque chose dans sa bouche.

— Je suis désolée. Pour ce qui s'est passé sur la montagne.

— Ce n'était pas ta faute, croassai-je.

L'excitation et l'espoir forçaient un peu d'énergie dans mes membres. Si Zeeva était ici, elle pouvait m'aider. Si elle était envoyée par Héra, cela signifiait peut-être qu'Arès était aussi en chemin.

— Mange ça.

Elle fit rouler la chose qu'elle traînait vers moi. Cela ressemblait un peu à une orange, et je grimaçai quand les menottes bougèrent contre mes coupures quand je la ramassai.

— Ça va aider.

Je ne posai pas de question au chat et commençai à éplucher la peau de ce que je pensais être un fruit.

— Où est Arès ?

— Je ne sais pas.

Une alarme me traversa.

— Je croyais qu'il était avec ta maîtresse, Héra ?

— Alors tu en sais plus que moi. J'ai été sous la coupe de Terreur plus longtemps que je ne le devais.

Sa voix habituellement hautaine était empreinte de fureur.

— Il vient juste de te laisser partir ?

— Oui. Et il regrettera de l'avoir fait.

— Attends, tu viens de te libérer et tu es ici ? Au lieu d'être avec Héra ?

— Avant d'être libérée, j'ai entendu Douleur dire qu'ils t'avaient sur le vaisseau, et qu'il était amarré au large de la côte nord de Pisces. J'aurais dû retourner voir ma maîtresse mais… j'étais inquiète.

— Pour moi ?

— Oui.

Malgré ma situation de plus en plus désastreuse, je rayonnai.

— Je le savais ! Je savais que tu aimais être mon chat !

— Je ne suis pas ton chat. Mais... je suis ton amie. Terreur a pu m'avoir sous son contrôle pour les besoins de l'Épreuve, mais il n'aurait jamais dû s'accrocher à mon pouvoir aussi longtemps qu'il l'a fait. Les Seigneurs sont puissants. Trop puissants. Quelqu'un les aide.

— Aphrodite travaille avec eux et Zeus.

Puis je mis un morceau de la chose orange dans ma bouche. Un délicieux liquide acidulé recouvrit instantanément ma langue, et un sentiment de gaieté déplacé se répandit en moi.

— Qu'est-ce que c'est ?

— Portokali. Cela aidera avec la fatigue. C'est logique pour Aphrodite. Héra savait que l'un des Olympiens aidait Zeus. Mais je ne pense pas qu'elle la soupçonnait.

— C'est une lâche et une conne.

— La déesse de l'amour n'est pas une lâche. Elle est intelligente, manipulatrice et ambitieuse.

— C'est une lâche, insistai-je. Elle ne veut pas se battre. Elle continue à s'en aller, furieuse.

— Ses pouvoirs ne tendent pas vers les boules de feu et la super-force comme les tiens.

— Comment puis-je la vaincre ?

— Tu ne peux pas. Elle est l'un des dieux les plus puissants. Il n'y a rien de plus puissant que l'amour. Et si elle travaille vraiment avec Zeus, alors ta seule chance de retrouver Arès est de fuir.

— Fuir ? Je ne fuis pas un combat, et cette femme a besoin d'une raclée. Et j'en ai marre qu'on me dise que je ne peux pas vaincre mes ennemis.

Zeeva s'approcha, puis montra les dents en voyant les menottes.

— Je suis heureuse de voir que ton esprit de combat revient. Mais tu en auras besoin pour t'échapper, pas pour agresser. Zeus doit en effet avoir été ici. Seuls les trois frères peuvent utiliser ces menottes.

— Zeeva, je ne peux pas fuir même si je le voulais. Ma jambe est inutile.

— À un moment donné, ils devront enlever les menottes. Ensuite, tu disparais.

— Je n'ai aucun pouvoir. Même sans ces satanées menottes.

— Quoi ?

— J'ai tout envoyé à Arès. Il avait besoin de l'immortalité.

Zeeva cligna des yeux lentement, et je mis plus de portokali dans ma bouche.

— Tu... tu es mortelle en ce moment ?

— Ouais. Cent pour cent humaine. Et ça craint. De toutes les façons de mourir, un gros trou dans ma jambe n'était pas la fin glorieuse que j'espérais.

— Comment as-tu envoyé ton pouvoir à Arès s'il est dans le royaume d'Héra ?

— Je ne sais pas. Je l'ai juste fait. Je lui ai tout donné.

— Tu l'aimes ? Après ce qu'il t'a fait ?

— Complètement.

Il y eut un long silence, seulement brisé par le son de ma mastication du fruit. Je savais, quelque part au fond de moi, que renoncer à ma seule chance de m'échapper de cet endroit pour sauver la vie d'Arès était, eh bien, fou. Mais ce n'était pas un choix. Je n'avais pas pesé mes options pour arriver à une conclusion équilibrée et bien informée.

Je lui avais tout donné parce que c'était ce que je devais faire. Imaginer son visage me faisait mal à la poitrine, et cela n'avait rien à voir avec mon mauvais état de santé. J'avais envie de le voir. De le toucher, de l'embrasser.

— Il viendra te chercher.

Zeeva prononça ces mots avec certitude, et l'espoir parcourut mon corps brisé.

— Je ne sais pas s'il sera assez fort. Il a failli mourir. Et cette blessure m'enlève un peu plus chaque heure.

Zeeva s'approcha prudemment de ma jambe et renifla avec son petit nez de chat. Quand elle parla, son ton était grave.

— Nous devons espérer qu'il se rétablisse rapidement et qu'il sache où te trouver.

— Peux-tu aller le voir ? Lui dire où je suis ?

— Je vais partir immédiatement.

Il y eut un éclair de couleur turquoise, et quand il s'éteignit, je fronçai les sourcils. Zeeva était toujours assise près de ma cuisse engourdie.

— Euh. Je pensais que tu étais en route vers mon sauveur ?

— Le vaisseau ne me permettra pas de partir.

La fureur était de retour dans sa voix, et dans la pénombre, je vis ses yeux s'embraser dangereusement.

La lueur d'espoir que j'avais ressentie s'évapora.

— Bon sang.

— En effet.

Je poussai un soupir, et mangeai plus de portokali.

— Zeeva, comment ai-je pu envoyer mon pouvoir à Arès avec les menottes ?

— Elles ne doivent bloquer que la magie externe.

— Oh. Une autre question, puisque tu es coincée avec moi. Peux-tu me rendre ces souvenirs dont tu m'as parlé ?

— Tu as déjà vu comment la plupart d'entre eux se

sont terminés, répondit-elle doucement. Mais je peux te raconter quelques-unes des plus heureuses.

— Savais-tu qui j'étais avant d'être envoyé dans le monde des mortels ?

— Il y a de nombreuses années, lorsque les Titans qui avaient aidé Zeus à devenir roi avaient tous disparu, Zeus voulait que tous les descendants des Titans soient rassemblés. Hécate, qui aide Hadès à gouverner les Enfers et qui est l'un des Titans les plus puissants encore en vie, a essayé de les atteindre en premier. Elle t'a trouvé toi et quelques autres qui étaient aussi puissants que les Olympiens, et a convaincu les dieux de te laisser apprendre tes pouvoirs pacifiquement.

— Penses-tu qu'elle a créé le lien entre Arès et moi ?

— Non, elle n'est pas vraiment... aimante ou maternelle. C'est la Déesse des Fantômes.

— Oh.

— Héra t'a défendue en tant que Déesse de la Guerre lorsqu'il est apparu que ton pouvoir était puissant et qu'il semblait étroitement lié à celui d'Arès. Lorsque tu as disparu, la plupart des gens ont cru que Zeus avait quelque chose à voir avec cela, en raison de sa haine des Titans. Quand il a été accusé, il a eu une crise de rage et a supprimé tout souvenir d'une Déesse de la Guerre pour tout le monde. Sauf sa femme et Arès.

— Oh. Donc, je suppose que je n'ai toujours pas de famille.

— Tu as Arès. Et... je suppose que tu m'as moi.

VINGT-SIX

BELLA

Le peu d'énergie que j'avais tiré du portokali de Zeeva me tint éveillée pendant une demi-heure environ, au cours de laquelle je gardai à l'esprit l'image d'Arès, assuré et calme.

Il viendrait pour moi. Il guérirait rapidement avec tout son pouvoir, et me trouverait. D'une manière ou d'une autre.

Ce qui était étrange, c'était que je n'avais pas vraiment peur de mourir. Maintenant que le flot de larmes et l'émotion exténuée avaient pu s'échapper de mon corps, j'étais *en colère*.

J'avais enfin découvert la vérité sur mon passé, la raison pour laquelle j'étais une telle inadaptée, un tel monstre. Et mieux que ça, j'avais trouvé quelqu'un qui me comprenait. Ce serait trop cruel de trouver Arès et de le perdre comme ça, si tôt. Ce n'était pas juste, et l'idée de ne plus jamais revoir son visage me remplissait de haine pour les gens qui nous avaient fait ça.

De la haine pour Aphrodite, surtout.

Elle était furieuse que j'aie réussi à lui sauver la vie. Elle voulait qu'il meure. Si je succombais à mes blessures dans cette cellule, au moins j'avais sauvé Arès, pensais-je, me réconfortant avec cette certitude.

Je l'avais sauvé. Rien n'était plus important.

— *Bella ?*

Une bulle d'air devant moi se mit à scintiller et la voix en sortait. Et elle était forte. Assez forte pour que je crie de surprise.

— Éris ?

— *Oh merci Seigneur, je pensais que je n'avais plus de pouvoir du tout. Écoute-moi, ne m'interromps pas et ne dis pas non.*

J'ouvris la bouche pour lui répondre, mais elle continua à parler avant que je puisse le faire.

— *Cette putain de salope m'a piégée dans le monde des mortels, et elle a neutralisé mon pouvoir. Je n'ai plus rien, et le peu que j'avais, je l'ai utilisé pour sauver le cul de mon frère.*

— Quoi ?

Je ne pus m'empêcher de l'interrompre. De quoi parlait-elle ?

— *C'est mon frère, je suis lié à lui. J'ai senti sa mort commencer, même d'ici. Je ne pouvais pas le guérir de si loin, mais ton lien avec lui est épique, alors j'ai utilisé le pouvoir qu'il me restait pour l'amplifier à la place.*

— C'est grâce à toi que j'ai pu lui donner mon pouvoir de si loin ?

— *Ouais. Et je savais que ce serait difficile mais je ne savais pas que ça me viderait presque complètement. Ça doit être ces menottes que tu portes. Je n'ai aucun moyen de me recharger ici. Aphrodite s'en est assurée. C'est la dernière fois que je peux te parler, et je demande toutes les faveurs que toi et Arès me devez. Faites-moi sortir du monde des mortels.*

— Nous le ferons. Je le jure, nous le ferons. Mais... je ne suis pas vraiment en mesure de t'aider en ce moment, dis-je, ralentissant le rythme à la fin de ma phrase.

— *Eh bien, mets-toi dans une position où tu le peux !*

— Aphrodite m'a piégée, je suis mortelle, et j'ai une blessure fatale. À moins qu'Arès n'arrive bientôt, je suis morte ou je passe l'éternité comme son jouet.

— *Arès va venir pour toi. Il a intérêt à venir pour toi, bon sang.*

— Il le fera.

Je hochai la tête, même si je supposais qu'elle ne pouvait pas me voir.

— Nous allons te trouver, je te le promets. Es-tu en danger ?

— *Je suis en danger de n'avoir aucun pouvoir et de m'ennuyer à mort. Je suis une divinité ancienne et toute-puissante. Ce n'est pas comme ça que je veux vivre ma vie.*

Le soulagement qu'elle soit en sécurité se mêle aux souvenirs étouffants de vivre dans un monde qui n'était pas du tout fait pour moi. Je savais à quel point c'était nul. Mais, elle irait bien pour un moment au moins.

— Je suis sûre que tu seras parfaitement capable de provoquer le chaos sans aucun pouvoir, lui dis-je.

Elle renifla mentalement.

— *Venez me chercher, Bella. Ne me laissez pas ici.*

— Nous le ferons. Si nous survivons à ça, nous le ferons. Et, Éris... Merci. Pour avoir sauvé sa vie.

Je dormis d'un sommeil agité pendant ce qui aurait pu être une heure ou cinq - je n'en avais aucune idée. Lorsque je me réveillai, je pouvais sentir une présence autour de moi, mais mon corps était trop brisé pour réagir. J'étais étalée sur les planches, et je ne sentais plus du tout la blessure sur ma cuisse. J'essayai de lever la tête pour la regarder, mais c'était comme si mon crâne pesait aussi lourd que mon vieux sac de boxe.

— Aphrodite ? essayai-je.

Quelqu'un était dans la cellule avec moi, j'en étais sûre.

— Tu es mortelle. Tu n'as plus besoin de ça.

La voix était masculine et inconnue, mais en sentant les menottes glisser de mes poignets, je compris qui avait parlé.

— Zeus ?

Je bougeai mes mains timidement. La peau entaillée me faisait mal lorsque je bougeais mes poignets, mais j'étais reconnaissante que la sensation de lourdeur ait disparu de mes bras. J'essayai à nouveau de lever ma tête.

Si Zeus était vraiment ici, je voulais le voir. Lui parler.

— Je n'ai jamais vu mon fils comme ça. Tu as eu un sacré effet sur lui.

Les mots étaient profonds et lyriques, et un sentiment d'émerveillement menaçait de m'envahir tandis que je me redressais péniblement. Ma tête tournait, mes entrailles étaient instables. Un homme bien bâti se tenait au-dessus de moi, avec des cheveux sombres et grisonnants. Lorsque ma vision redevint nette pendant quelques brèves secondes, je pus voir que ses yeux brillaient d'un éclat violet.

Je devais de vénérer cet homme. Il était le roi des dieux, l'être le plus puissant de l'Olympe. Il était fort, beau et royal.

— Mon roi, râlai-je.

— Comment as-tu fait ? Comment as-tu battu Aphrodite et l'as-tu sauvé ?

Les mots de Zeus flottaient dans mon cerveau confus, et j'essayai de leur donner un sens. Comment l'avais-je sauvé ?

— Sauver qui ?

— Mon fils. Arès. Le Dieu de la Guerre.

Le visage d'Arès envahit mon esprit, faisant sauter la confusion comme de la dynamite. La colère envahit mon système, et je posai mes mains sur les planches pour me stabiliser.

— Vous alliez le laisser mourir, sifflai-je. Vous alliez laisser Aphrodite tuer votre fils.

— Arès est son propre maître. Ce n'est pas à moi de m'occuper de lui. Surtout quand mes efforts ont été si absorbés ailleurs.

Il y avait une amertume dans sa voix qui me rendit encore plus furieuse.

— Mais il n'est vulnérable qu'à cause de vous ! Vous avez volé son pouvoir !

— Il a commis une trahison.

Le ton séducteur du dieu s'était durci, et j'entendis un grondement de tonnerre au loin.

— Il a essayé de se mettre sur mon chemin, et il en a payé le prix.

— Il a essayé de vous empêcher de lâcher un monstre dans le monde.

— C'est un idiot. Il ne peut pas voir au-delà de la rhétorique fatiguée de mes frères à l'esprit étroit, siffla Zeus.

Et soudainement il était à quelques centimètres de mon visage.

— Je ne sais pas comment tu l'as séduit pour l'enlever à Aphrodite, et je m'en fiche. Mais, je suis heureux que tu meures à sa place.

Avant que je puisse demander autre chose au dieu hargneux, il était parti. Cela signifiait-il qu'il était heureux que son fils ait survécu ? Est-ce qu'il ressentait quelque chose pour Arès ? Ou essayait-il juste de me faire peur ?

— Connard, crachai-je.

— Il n'est pas conseillé d'insulter des divinités comme Zeus.

Douleur sortit de l'ombre, jusqu'aux barreaux de ma cellule. Je regardai autour de moi dans la pénombre à la recherche de Zeeva, soulagée de ne pas pouvoir la repérer. C'était mieux si personne d'autre ne savait qu'elle était ici. Cela pourrait me donner un avantage.

— Alors vous lui avez fait enlever les menottes pour une raison, hein ?

J'essayais de paraître aussi décontractée que possible, même si mon cœur battait un rythme de plus en plus irrégulier contre ma cage thoracique.

— Aphrodite veut jouer avec son nouveau jouet, et elle n'aime pas être ici-bas. Elle m'a demandé de t'amener sur le pont.

Une lueur maléfique brilla dans les yeux sombres de Douleur, et je ne pus empêcher le frisson glacé de parcourir ma colonne vertébrale.

Il semblait que je n'avais plus de temps.

VINGT-SEPT

BELLA

Douleur dut littéralement me traîner jusqu'aux étroites marches en bois qui menaient du fond de la cale du vaisseau, où j'avais été emprisonnée. Ma jambe inutile n'eut pas mal lorsqu'elle cogna contre les marches. Il y avait plus de lumière dans les cages d'escalier que nous traversions, et je pouvais voir maintenant que la blessure avait pris une grossière couleur verte. Cela me rendait malade chaque fois que je la regardais, alors j'essayais de ne pas le faire. Je me rendais aussi lourde et maladroite que possible, juste pour énerver Douleur, et il finit par me jeter sur son épaule et me porter dans les couloirs et les escaliers.

Je n'essayai pas de mémoriser la route que nous prenions, ni d'élaborer un plan d'évasion. Mon cerveau était trop confus, mon corps trop fatigué. Si je n'avais pas eu les fruits que Zeeva m'avait donnés, je serais probablement déjà morte de soif.

— Depuis combien de temps suis-je sur le vaisseau ? demandai-je.

Ma gorge me faisait mal quand je parlais, mais je n'étais pas capable de me taire.

— Quelques jours. Assez longtemps.

C'était sûrement suffisant pour qu'Arès guérisse. Pourquoi ne m'avait-il pas encore trouvée ?

— Si ta salope de maîtresse veut me garder en vie assez longtemps pour jouer avec moi, tu vas devoir me nourrir et m'abreuver. Les humains ont besoin de ce genre de choses.

— Aphrodite sait ce dont les humains ont besoin. Ne t'inquiète pas pour ça, ex bébé-déesse.

Il souligna le mot *ex* avec joie et je fronçai les sourcils dans son dos. Ils savaient que j'étais mortelle maintenant. Il avait raison. J'étais une ex-déesse.

La lumière était si brillante lorsque nous émergeâmes enfin sur le pont que les larmes me montèrent aux yeux immédiatement. Douleur me fit tomber sans ménagement sur les planches alors que je regardais autour de moi, la douleur me secouant lorsque j'atterris sur le bois.

Des nuages pastel nous entouraient, et les épiques voiles solaires pendaient des mâts, brillant si intensément qu'elles faisaient mal à regarder.

— C'est une vilaine blessure.

Je regardai Aphrodite d'un air absent. Elle avait abandonné son look de reine des glaces, et avait maintenant une peau couleur caramel et des cheveux rose layette. Elle portait une robe noire enveloppante, des lèvres roses pleines et sensuelles et des yeux d'onyx.

— Pas aussi vilaine que ton visage, rétorquai-je, en lui adressant un sourire sarcastique.

On savait toutes les deux qu'elle était belle. Mais je doutais que beaucoup de gens lui aient dit qu'elle ne l'était pas, alors j'appréciai quand même ces mots.

Elle rétrécit ses yeux alors que son sourire s'élargissait.

— Oh oui. Oui, oui, oui. Je comprends pourquoi ce lourdaud est tombé amoureux de toi. J'imagine que lorsque vous êtes ensemble, vous êtes comme des adolescents immatures, vous vous battez et vous jurez comme des idiots ?

Je haussai les épaules depuis ma position semi-assise sur le pont.

— Eh bien, il y a une chose que nous faisons mieux que les adolescents, et je peux t'assurer que ce n'est pas la bagarre.

Ses traits s'assombrirent momentanément.

— Tu ne seras jamais à ma hauteur, petite fille.

— Aphrodite, je n'ai pas besoin d'être à ta hauteur. Toi et moi n'avons rien en commun. Nous sommes incomparables.

— Tu crois qu'Arès ne souhaite pas que tu lui fasses ressentir ce que je peux lui faire ressentir ?

Sa voix dégoulinait de sexe et de séduction. Et pendant un instant, je la crus. Le doute m'envahit. Je n'avais aucun moyen d'être une amante comme elle, aucun moyen de faire ressentir à Arès des sensations aussi bonnes que les siennes.

Mais ensuite, je me souvins. *Arès m'aimait.* Arès faisait partie de moi, et je faisais partie de lui. Nous étions faits pour être ensemble, destinés l'un à l'autre, et rien au monde ne pouvait se rapprocher de la sensation de sa peau contre la mienne, de ses bras autour de moi, de ses lèvres sur les miennes.

— Je n'ai pas besoin d'avoir cette conversation avec toi, Aphrodite. J'en ai fini. Fais ce pour quoi tu m'as fait monter ici, donne-moi à manger et à boire, et renvoie-moi dans cette cellule de merde, où je n'aurai pas à regarder ta sale tronche.

Les yeux de la déesse se remplirent de fureur, et elle leva son bras délicat, faisant claquer ses doigts.

— Douleur ! Elle est toute à toi. Mais ne la tue pas, ou ce sera la dernière chose que ton esprit fera dans ce corps.

Douleur s'avança, un sourire sur son beau visage.

— Bien sûr, Grande Puissance.

Je regardai autour de moi aussi vite que je le pouvais, ma tête tournant dès que je la bougeais trop vite.

Panique était appuyée contre la rambarde à ma gauche, et Terreur était derrière moi, debout près du mât principal. Il n'y avait aucun signe du démon des Enfers. Ou de Zeeva.

Mortelle ou pas, j'avais eu assez d'années d'entraînement pour que mon instinct de combat ou de fuite se manifeste. Quatre-vingt-dix-neuf fois sur cent, ils me disaient de me battre. Mais je n'avais rien dans le réservoir. J'étais vide.

Je n'avais pas perdu l'espoir qu'Arès vienne, mais je n'étais pas assez naïve pour penser qu'il y avait un moyen d'échapper à ce qui m'attendait à ce moment-là.

Ni le combat, ni la fuite, n'était une option. Donc la meilleure chose à faire était de ne rien donner à mes agresseurs. Aucune satisfaction, aucune raison de s'en prendre encore à moi. C'était comme ça qu'on traitait les brutes, c'était comme ça qu'on ennuyait quelqu'un qui s'en prenait à un adversaire qui ne pouvait pas se défendre, ou gagner. Ne rien leur donner.

Les yeux de Douleur s'animèrent d'un jaune brûlant et il tendit la main. Mon corps se détacha des planches comme s'il était attaché à lui par une longe, et je m'envolai dans les airs comme je l'avais fait quand Aphrodite m'avait rendu visite dans la cellule. Je fermai les yeux, me concentrant pour ralentir mon cœur qui s'emballait, mais je n'eus pas le temps de prendre la profonde inspiration que je voulais.

Un feu brûlant explosa dans ma cuisse, comme si l'engourdissement avait été complètement expulsé. L'agonie pure et simple se propagea par vagues le long de ma jambe, se heurtant à la base de ma colonne vertébrale, puis remontant dans mon crâne comme des décharges électriques.

Rien n'avait jamais fait aussi mal, et je ne pouvais pas respirer, ni émettre un son, tant la douleur était dévorante. Les ténèbres et les étoiles s'abattirent sur ma vision et avant que je puisse trouver comment respirer à nouveau, je m'évanouis.

— Elle est mortelle, espèce d'idiot. Si tu la frappes aussi fort, son corps va s'éteindre.

— J'ai oublié. Vous savez depuis combien de temps je n'ai pas torturé un mortel ? Ils ont tendance à rester hors de mon chemin ces derniers temps.

Je pus entendre Douleur et Panique parler en revenant à moi, mais je n'osai pas ouvrir les yeux. Des décharges de douleur remontaient toujours de ma jambe à mon dos, mais heureusement, la plupart des engourdissements étaient revenus. Je me sentais malade, mais je savais qu'il n'y avait rien dans mon organisme qui puisse être invoqué.

Ma tête bascula et mon menton heurta ma poitrine. Je me rendis compte malgré le brouillard qu'on me tenait toujours en l'air.

— Laisse-moi essayer. Au moins, je ne peux pas l'assommer accidentellement.

La voix de Panique débordait d'excitation et mon estomac se serra.

J'étais piégée. Leur jouet qu'ils pouvaient torturer à leur guise. Et il n'y avait aucun moyen pour moi de me défendre ou de m'échapper.

— Bien. Mais je veux un autre essai avant qu'elle ne retourne en cellule.

— Marché conclu.

Je fus soudainement déportée sur la gauche, avant de revenir brutalement sur la droite. Panique me secouait.

— Réveille-toi, réveille-toi !

Mes yeux s'ouvrirent et, dès que Panique apparut, je forçai un rire sur mes lèvres. Ils m'avaient peut-être rendue aussi impuissante qu'un chaton, mais je n'allais pas les laisser voir ma peur.

— Tu trouves ça drôle ?

Panique pencha la tête vers moi.

— Non, pas ça, râlai-je. Je m'imagine Arès te déchirant membre par membre quand il arrivera ici, son pouvoir entièrement restauré. C'est une image très divertissante.

— Tu sais que tu es juste comme nous ? Faits de la même chose. Tu aimes voir les autres souffrir, tu aimes voir leur panique, tu aimes leur inspirer la terreur.

— Tu te méprends, lui dis-je.

J'utilisai la majeure partie de mon énergie pour relever la tête afin de pouvoir le regarder dans les yeux.

— Je trouve l'idée de *te faire* vivre ces choses très agréable. Mais c'est parce que tu es un vrai connard. Je ne suis pas fan des gens normaux et gentils qui sont terrorisés. Juste les vrais connards comme vous trois.

Panique grogna et je me mis à voler dans les airs, en direction des grilles du vaisseau. Mon corps s'arrêta lorsque je les atteignis, et mon estomac sembla sauter dans ma gorge lorsque je basculai en avant, forcée de regarder directement vers le bas par-dessus le bord du vaisseau. Je pouvais voir la terre, mais juste un peu, elle était si loin en dessous de nous.

Mon esprit se remplit brusquement d'images, d'abord de moi tombant de la montagne et de la chimère hurlant, puis de moi heurtant l'eau et de tentacules s'enroulant autour de mon corps, m'entraînant sous l'eau. Je sentis mon corps commencer à basculer, les images dans mon esprit se mêlant à la réalité.

Puis je tombai, le vaisseau passant à côté de moi, le vent s'engouffrant contre moi et faisant voler mes cheveux autour de mon visage. Ma poitrine était oppressée, l'air m'échappait. Tout mon corps transpirait et la peur se frayait un chemin jusqu'à ma gorge, luttant pour la place avec la panique.

Il y eut un flash, puis je me retrouvai au-dessus du vaisseau, près du sommet des voiles solaires, toujours en chute libre. En quelques secondes, je m'écrasai sur le pont, la douleur me traversant les côtes tandis que le bois se brisait sous moi. Je haletai et roulai sur mon côté indemne.

Le rire de Panique traversa le pont, accompagné d'un gloussement féminin.

— Combien de fois pourrais-tu survivre à cette chute, petite fille ? demanda Aphrodite.

— Autant qu'il faudra jusqu'à ce qu'Arès arrive, haletai-je en aspirant l'air.

— On va voir ça.

VINGT-HUIT

ARÈS

Un rugissement de frustration s'échappa de ma gorge, et j'écrasai mon poing sur la table en marbre. Elle craqua, se brisant sur les carreaux blancs en dessous.

Ma force était de retour, à pleine puissance. Tout le pouvoir qui m'avait été volé et que j'avais tant désiré m'était rendu.

Et je m'en fichais.

— Arès, si tu agis comme un enfant, fais-le ailleurs ! J'essaie de trouver Bella et tu ne m'aides pas.

Je montrai les dents à ma mère avant de pouvoir m'arrêter. Elle était restée debout au-dessus de la table pendant ce qui m'avait semblé une éternité, un portail scintillant au-dessus d'elle, mais il avait disparu avec mon emportement. Héra me regarda fixement sous sa coiffe de paon élaborée et fraîchement enfilée, son regard était plein d'autorité.

Je m'éloignai en tournoyant, marchant vers le bord du temple et je regardai la forêt qui nous entourait, en essayant d'empêcher ma colère de déborder de son trop petit récipient.

— Je vais les mettre en pièces, membre par membre.

— Je suis sûr que tu le feras, si jamais nous les trouvons.

La voix d'Héra était pleine d'agacement.

La seule raison pour laquelle j'avais pu garder mon calme était le fait que je savais que Bella était toujours en vie. Je pouvais la sentir à travers notre connexion. Elle était faible, et de plus en plus faible, mais c'était une battante. Comme ma mère l'avait dit, elle était plus forte que moi. Elle n'aurait jamais cédé.

Mais elle était mortelle maintenant. J'avais chaque once de son pouvoir, je pouvais le sentir. Ce qui signifiait qu'il y avait une limite à sa capacité à combattre les Seigneurs de la Guerre.

Si un autre Olympien était là, comme ma mère semblait le penser, alors Bella n'avait aucune chance. Cette pensée me traversa l'esprit et la rage envahit mon centre, inondant mes muscles et me faisant gonfler.

— Pour l'amour de l'Olympe, Arès, va-t'en ailleurs, que je puisse travailler en paix !

J'avais enfin brisé la patience d'Héra. Je lui lançai un nouveau regard furieux en descendant les marches du temple et en m'enfonçant dans la forêt. Je laissai mon corps se développer en puissance, essayant de trouver un peu de réconfort dans le retour de cette capacité. Mais je n'en eus pas. À quoi bon être énorme et puissant, si c'était sans elle ?

Le bruit du bois craquant bruyamment au loin me fit faire une pause dans ma marche furieuse. Les arbres autour de moi commencèrent à bruire. Je regardai par-dessus mon épaule le temple, qui n'était toujours qu'à quelques mètres derrière moi, avant de pousser mes sens améliorés dans la forêt.

À la seconde où je le fis, Dentro se matérialisa devant moi, son corps semblant se fondre dans les bruns et les verts jusqu'à ce qu'un énorme corps de dragon entièrement formé se fraye un chemin parmi le feuillage dense.

Mon corps commença à se mettre automatiquement dans sa position réflexe, l'épée dégainée et le torse bombé, mais je ralentis et m'arrêtai. Bella et cette créature étaient devenues amies. Elle en prenait soin.

— Savez-vous où elle est ?

— Je le sais. Il m'a fallu du temps pour la trouver, et j'ai eu de l'aide, mais je sais où elle est.

L'espoir, le soulagement et le pur bonheur chassèrent la rage de mon système en un battement de cœur.

— Mère ! criai-je vers Héra.

Puis je me retournai vers le visage massif de Dentro.

— Allons-y.

— Pas si vite, Dieu Guerrier. La dernière fois que je t'ai vu, tu essayais de tuer Bella. Je suis devenu inexplicablement amoureux de cette petite déesse féroce, et maintenant je sens que tu as son pouvoir. Tout son pouvoir.

— Je peux te garantir, dragon, que tu n'aimes pas Bella autant que moi.

Je grognai les mots, sentant la rage revenir. Je ne voulais pas être privé d'elle maintenant, pas quand j'étais si proche.

— Vous devez m'assurer que vous n'avez que ses meilleurs intérêts à cœur.

— Son intérêt est de rester en vie, espèce de bête idiote ! Elle a besoin de moi, maintenant !

J'avais grandi à nouveau, et mon épée était serrée dans mes deux mains. Ma poitrine était serrée et le pouvoir de la Guerre ne forçait pas mes émotions comme il l'avait toujours fait. Mon adoration, ma peur et mon amour pour Bella étaient permanents.

— Tu mourrais pour elle ?

— Oui.

Ma réponse fut instantanée, forte et vraie.

Dentro hocha une fois son énorme tête de bois, puis la leva pour regarder par-dessus mon épaule. Je me retournai pour voir ma mère debout au bord du temple, en haut des marches de pierre blanche. Elle fit un signe de tête au dragon, puis disparut dans un éclair de couleur turquoise.

— Nous devons y aller aussi, maintenant ! Où dois-je apparaître ?

L'urgence fit déraper mes mots mais le dragon me comprit.

— Bella est sur un vaisseau, et il n'est pas possible d'y apparaître. Je vais t'y emmener.

Ma bouche s'ouvrit légèrement lorsque la créature baissa son cou vers le sol. Un dragon qui permettait à un être de le chevaucher, c'était du jamais vu. En réponse à mon étonnement, Dentro parla à nouveau.

— Je fais cela pour elle. Pas pour toi. Je ne t'offrirai plus jamais mon cou.

Sa voix était tendue, et j'agis rapidement, avant qu'il ne puisse changer d'avis.

Sa peau couverte d'écorce était rugueuse, et j'étais reconnaissant d'avoir mon armure lorsque je me mis en position assise à la base de son cou.

— Tiens-toi bien, Dieu Guerrier, dit-il.

Et nous nous élançâmes dans le ciel.

VINGT-NEUF

BELLA

J'ai trouvé ton casque.

La voix de Zeeva coupa à travers l'air sifflant alors que je tombais.

L'étincelle d'espoir que ses mots avaient fait naître s'éteignit complètement lorsque je heurtai le pont. Une autre de mes côtes se brisa, et la douleur serra ma taille, m'étouffant. Je pouvais m'entendre siffler, mais je ne pouvais pas lever un membre, lever la tête ou même bouger d'un pouce. Je restai étendue sur les planches, essayant de faire entrer assez d'air dans mes poumons pour me maintenir en vie un peu plus longtemps. Jusqu'à ce que je puisse revoir Arès. Son visage envahit mon esprit, chassant le doute et la peur.

Bella, n'abandonne pas maintenant. Si tu peux atteindre ton casque, alors ils ne pourront plus entrer dans ta tête.

Ils n'avaient pas besoin d'entrer dans ma tête. Ils étaient en train de briser mon corps. Même l'écouter mentalement était un effort colossal. Je n'avais plus rien. Ma force était complètement épuisée.

Roule sur le dos.

Je savais que si je faisais ce que Zeeva disait, je serais à nouveau projetée en l'air, puis jetée par-dessus le bord du vaisseau, avant d'apparaître au-dessus du pont pour atterrir sur les solides planches de bois.

Il est ici.

Cette fois, l'étincelle d'espoir était si grande que rien ne pouvait l'éteindre. Mon corps puisa dans une réserve d'énergie que j'ignorais avoir, et je roulai, regardant désespérément autour de moi.

Je cherchai instinctivement notre lien et je le trouvai immédiatement, brillant et chaud.

C'était vrai. *Arès était tout près.*

Lève les yeux.

Au moment où Zeeva parla, je réalisai que les Seigneurs avaient cessé de me regarder et qu'ils tordaient le cou pour scruter les nuages. Il y avait une forme au loin, une tache sombre, petite mais grandissante. Un moment plus tard, je pouvais distinguer des ailes massives. Des ailes vertes et brunes.

Et une minuscule et brillante lumière dorée.

— Dentro l'a trouvé.

J'inspirai cette compréhension une seconde avant que les talons d'Aphrodite ne claquent bruyamment sur le pont.

— Terreur, aboya-t-elle.

L'homme de marbre s'avança du mât en réponse.

— Assurons-nous qu'Arès reçoive un accueil formel.

Avec une secousse, je fus entraînée en l'air à nouveau. Les chocs répétés contre le pont n'avaient pas seulement brisé quelques-unes de mes côtes. Mon poignet gauche était malmené et mon pied pendait avec un angle bizarre sur ma jambe engourdie.

Je savais que je ne pourrais pas en supporter davantage. Tout me faisait mal au-delà de ce que je pensais être capable de supporter, et j'étais sûre que la seule raison pour laquelle j'étais encore consciente était que mon esprit était intensément fixé sur une seule chose.

Arès.

J'essayai de tourner la tête, pour voir sa lueur dorée, et Terreur rit. Le son fit se dresser les poils sur ma peau.

Lentement, il me fit pivoter pour que je fasse face au dragon, dont les ailes battaient à travers les nuages dans notre direction. Arès brillait comme un phare étincelant sur le dos de Dentro et l'amour se répandait dans mon corps, un bref et bienheureux soulagement de la douleur.

Mais alors que je regardais, le dragon s'inclina fortement sur la gauche et la lumière dorée que je savais être Arès glissa de son dos.

— Non !

Ma voix était à peine audible alors qu'Arès commençait à plonger dans les nuages. J'avais peur pour sa vie, et je devais me forcer à rester calme. Il était immortel. Il avait tous les pouvoirs. Il ne pouvait pas mourir.

Mais je pouvais. Et s'il n'arrivait pas bientôt, je le ferais.

Son corps lumineux disparut, et Terreur gloussa en me retournant face à lui.

— La furtivité n'a jamais vraiment été le style du Dieu de la Guerre, dit-il en se rapprochant.

C'était inexplicable qu'un visage sans traits puisse être si menaçant. Les tourbillons d'encre rampaient à la surface de la pierre, sombres et inquiétants.

— Il va revenir, croassai-je.

— Sans aucun doute. Et quand il reviendra, il tombera dans ses bras, pas dans les tiens.

Il fit un signe de tête vers l'arrière, vers l'endroit où

Aphrodite se tenait les bras croisés, son corps aux courbes harmonieuses rayonnant doucement.

Au début, ses mots me passaient au-dessus de la tête. Mais ensuite, ils semblèrent s'infiltrer dans mon esprit, se posant là où ils ne devraient pas.

Je savais, au fond de moi, qu'Arès était à moi. Mais... Mais s'il avait raison ? Et si Arès se tenait devant nous deux et la choisissait ?

— Et puis, quand il sera le plus vulnérable, elle frappera.

Avec une montée d'adrénaline, je vis une image, claire comme le jour, d'Aphrodite plongeant un couteau dans la poitrine d'Arès. Du sang de la couleur de l'or s'écoulait de lui, son visage se tordait d'agonie.

— Non ! Non, arrêtez !

Si une partie de moi savait que ce que je voyais était l'influence magique de Terreur, elle ne s'en rendait pas compte. J'étais trop fatiguée, trop faible, trop brisée, pour le combattre, ou même pour le comprendre. Les images prirent le dessus et mon cerveau les accepta.

La douleur était pire que les os cassés, que la blessure dans ma cuisse. J'étais déchirée de l'intérieur.

— Terreur !

Cette voix...

Je forçai mes yeux à s'ouvrir alors que je tombais une fois de plus sur les planches. Mais je ne sentis rien.

Dentro se posa sur le pont du vaisseau, rétrécissant son énorme corps pour s'y adapter, et Arès sauta de son cou alors que le vaisseau entier tremblait. Il mesurait au moins six mètres de haut, et son armure brillait tellement que je dus cligner des yeux.

Sa chute du dragon avait été une des visions de Terreur. Mon cœur commença à battre dans ma poitrine, j'avais tellement envie de croire qu'Arès était vraiment là, qu'il n'était pas tombé.

Ses bottes heurtèrent les planches, puis il s'approcha de moi, à la vitesse de l'éclair.

— Tu as rendu ton dernier souffle, Terreur, rugit-il en arrivant à mes côtés, tombant à genoux.

Son armure cliqueta et je clignai encore des yeux quand il passa un bras sous moi, me tirant vers lui.

— Dis-moi que je ne rêve pas, murmurai-je.

Je sentais la colère qui irradiait de lui, tempérée par l'intensité de sa tendresse.

— Je suis là, Bella. Prends le pouvoir. Maintenant.

La chaleur prit vie dans mes tripes et la chaleur commença à se répandre dans mon corps. Il y eut un éclair de douleur dans ma cuisse qui me fit crier, mais ensuite les picotements familiers de la magie curative prirent le dessus.

Avec une lenteur terrifiante, Arès se leva.

— Tu vas payer pour ce que tu lui as fait. De ta vie.

Bang. Un battement de tambour si fort que le vaisseau vibra.

Terreur siffla alors qu'une lumière dorée, teintée de rouge, émanait d'Arès. Puis l'homme de marbre commença à s'élever dans les airs, comme je l'avais fait maintes et maintes fois.

— Maître, s'il vous plaît... commença Terreur.

Sa voix grinçante n'était plus moqueuse et froide. Il avait peur. L'esprit de Terreur avait peur.

En tremblant, je me mis sur mes pieds, incapable de mettre du poids sur ma jambe, mais m'agrippant à l'énorme bras d'Arès pour me maintenir debout.

Bang. Un deuxième tambour rejoignit le premier. Ils commencèrent à battre ensemble, le son de l'acier s'entrechoquant dans l'air. La chaleur et l'odeur de la sueur, du fer et du sang envahirent le pont du vaisseau. Ma colonne vertébrale se redressa, et mon corps commença à se gonfler.

Le rouge envahit ma vision tandis que des cris remplissaient l'air.

— Prête ? demanda Arès.

— Oui.

Ensemble, nous libérâmes le pouvoir de la Guerre.

Terreur hurla quand une fissure apparut sur son crâne immaculé. Elle s'étendit, lentement d'abord, puis plus rapidement, traçant sa forme de pierre. Son cri s'interrompit brusquement, et je sentis la vague de puissance nous quitter alors que son corps se figeait pendant une fraction de seconde. Les tambours battaient plus vite, les chants de guerre et le bruit des explosions nous entouraient complètement.

— Je t'avais dit qu'Arès te foutrait en l'air, dis-je.

Puis il vola en éclats.

Un million de morceaux de marbre arrosèrent les planches de bois, et je tombai sous l'effort de puissance. Arès m'attrapa, me serra contre lui et me regarda dans les yeux. Le feu, rouge vif et orange, et plein de promesses de vie, flambait dans ses yeux.

— Tu es vraiment là. Sur un dos de dragon, brillant d'or. Un vrai chevalier en armure scintillante.

J'étais à moitié en train de rire et à moitié en train de sangloter.

— Tu pensais que je ne viendrais pas ?

L'émotion brute coulait de lui, directement dans ma propre âme.

— Je savais que tu viendrais. C'est juste que... je ne

savais pas si tu arriverais à temps. Ça devenait difficile de tenir.

Avant qu'il ne puisse me répondre, la voix d'Aphrodite coupa court à ce moment.

— Je suis si heureuse que tu aies pu te joindre à nous, Arès, dit-elle, d'une voix venimeuse.

Un bouclier d'or étincelant se forma autour de nous et le rire d'Aphrodite s'en échappa. Arès me posa doucement sur les planches, puis bondit sur ses pieds, se plaçant entre elle et ma forme encore en voie de guérison. Mes côtes ne me faisaient plus un mal de chien mais mes jambes ne fonctionnaient plus correctement et j'étais épuisée. Mais la magie de guérison fonctionnait, merci beaucoup.

— Je ne sais pas pourquoi tu fais ça, Aphrodite, mais ça suffit.

— Elle travaille avec ton père, dis-je.

Ma voix semblait plus forte. Je ne voulais pas tirer trop de pouvoir de lui, mais il brûlait, m'appelait.

— Pourquoi ?

— La même raison pour laquelle tu devrais aussi travailler avec lui. C'est notre roi, dit Aphrodite.

— Je n'étais pas d'accord avec ses actions dans le monde souterrain. Ce qu'il a fait était imprudent et mal.

— Ce n'est pas à toi d'être en désaccord avec ses actions. C'est ta place de le soutenir et de lui obéir. Douleur, viens ici s'il te plaît.

Je tirai plus fort sur la connexion magique, permettant au plaisir fondu du pouvoir de guérison d'inonder mon système plus rapidement.

Le vaisseau fit une embardée et je vis Dentro voler en arrière tandis qu'un dôme de lumière rose se formait autour de nous, englobant tout le vaisseau. Le dragon, maintenant à l'extérieur du bouclier, fouetta sa queue contre celui-ci et une lumière fuchsia brillante jaillit du contact.

— Cela devrait empêcher la bête de se mêler de tout, murmura Aphrodite, avant de se tourner vers Arès. Tu vas regretter d'être venu ici.

— Remettez-nous le démon, et nous vous laisserons, toi et mon père, à vos projets.

— Non. Je n'ai jamais fait ce que tu m'as demandé, Arès, et je n'ai pas l'intention de commencer maintenant.

Elle inclina la tête, ses lèvres se courbèrent en un sourire cruel.

— Je dois admettre que je suis désolée d'avoir perdu mon trophée préféré. Le puissant Dieu de la Guerre, avec ses griffes, ses crocs et sa fierté, c'était tellement amusant de jouer avec lui.

Je m'attendais à ce qu'Arès perde son sang-froid face aux moqueries, mais il resta étonnamment calme en lui répondant.

— Laisse tomber, Aphrodite. Tu ne peux pas interférer avec l'amour comme ça, et tu le sais. On a brisé ta malédiction. C'est fini. Va de l'avant.

Son visage se déforma, et c'était la première fois que la femme n'avait pas l'air aussi belle.

— C'est fini quand je le dis, espèce d'idiot. Tu ne sais pas ce que c'est que de porter mon fardeau, de regarder le monde autour de moi imploser et exploser à mon signal. Tu ne sais pas comment fonctionne l'équilibre de mon pouvoir, ce qu'il fait à mon âme.

Je n'avais jamais entendu quelqu'un parler avec autant

d'amertume, et pour la première fois, j'envisageai vraiment ce que cela pouvait être de détenir le pouvoir de l'amour. Avant de rencontrer Arès, je ne connaissais pas son pouvoir. Je l'avais vue, sur scène et à l'écran, je connaissais les rumeurs de son intensité. Mais je n'avais jamais imaginé qu'il pouvait envahir chaque atome de mon être, ni qu'il avait le potentiel de changer véritablement une personne.

— J'en ai fini avec cette conversation, dit-elle en se retournant. J'ai assez souffert. Lorsque le plan de Zeus se réalisera, rien de tout cela ne sera pertinent. Je n'ai pas besoin de toi, ou de la petite morveuse, pour profiter de son nouveau monde.

— Nouveau monde ? De quoi parles-tu ?

— Zeus ne prend pas ta mutinerie à la légère. Il va récompenser ceux qui sont restés loyaux.

— Que veux-tu dire par nouveau monde ? insista Arès.

— Ce que je veux dire n'a pas d'importance. Tu ne seras pas là pour le voir.

Avant qu'il ne puisse répondre, un coup de tonnerre assourdissant résonna autour de nous, et des éclairs violets fendirent le ciel qui s'assombrit de manière inquiétante.

Je n'étais peut-être pas originaire de l'Olympe, mais même moi, je savais ce que cela signifiait.

Zeus arrivait.

TRENTE

ARÈS

Mon père se matérialisa sur le pont du vaisseau devant moi, des éclairs sifflants brûlant le pont en un cercle autour de lui. Il essayait d'être intimidant. Et il réussissait.

J'étais à moitié à genoux avant de pouvoir m'en empêcher. Le Roi des Dieux avait une présence qui allait bien au-delà de la magie normale. On ne pouvait pas lui résister.

— Fils. Je vois que te retirer ton pouvoir ne t'a pas rendu plus intelligent.

— Je vois que vous avez jugé bon de le remettre à un démon dévoyé, répondis-je, en serrant les dents.

Zeus avait l'air d'être comme il l'avait souvent été, haut de trois mètres et d'une beauté frappante, avec des cheveux argentés et noirs, des yeux violet brillant et une toge qui cachait à peine son corps sculpté. Il ressemblait à ce à quoi j'avais voulu ressembler pendant une grande partie de ma vie.

— Tu n'étais plus apte à tenir le rôle de Dieu de la Guerre.

La colère me traversa.

— Cronos a été emprisonné avec l'aide d'alliés que nous n'avons plus ! Le laisser libre était un risque imprudent, et en tant que Dieu de la Guerre, je connais bien les risques.

— Tu sous-estimes ma force, petit garçon ? Tu crois que je ne suis pas assez fort ?

Le pouvoir crépita autour du dieu, la douleur me léchant la peau alors que l'électricité bourdonnait dans l'air. Ses yeux violets s'assombrissaient et il grandissait encore plus, dominant tout le monde sur le pont du vaisseau. J'entendis du mouvement et je jetai un coup d'œil par-dessus mon épaule pour voir les deux autres Seigneurs de la Guerre reculer, les yeux détournés du puissant roi. Aphrodite, cependant, resta où elle était, un sourire suffisant sur son visage immaculé.

— Tu ne crois pas que je puisse vaincre ce vieux Titan ? Ton manque de foi en mes capacités est une trahison, grogna Zeus.

— Ne pas être d'accord avec vous n'est pas une trahison. Ce n'est pas non plus une raison pour me priver de mon pouvoir.

L'amertume était présente dans mes paroles.

— La trahison est ce que je dis qu'elle est. Je suis ton roi, que tu le veuilles ou non.

Le tonnerre gronda au loin avec ses mots et le ciel au-dessus de nous s'assombrit. Je ne pouvais pas le raisonner sur ce sujet, réalisai-je. Si un dieu aussi puissant que mon père voulait faire ses preuves contre le plus fort de tous les Titans, je ne pouvais pas l'en empêcher ou le changer.

Je devais essayer une autre tactique avec le Roi des Dieux.

— Ne reviendrez-vous pas à nous, comme notre roi ? S'il vous plaît, père. Dirigez-nous comme vous le faisiez autrefois. Pourquoi voulez-vous libérer les Titans et causer à notre monde un tel conflit ?

Zeus renifla.

— Ce n'est pas une requête que le Dieu de la Guerre devrait faire, Arès. Tu es censé vouloir la discorde, mon garçon ! Tu devrais chercher le chaos et la destruction ; ces pouvoirs sont tous liés aux tiens.

Il me regarda d'un air narquois, son regard semblant transpercer mon armure.

— Tu n'es plus que l'ombre de toi-même.

Ses yeux se tournèrent vers Bella. Ma poitrine se contracta, la peur m'envahit. Bella était à genoux, figée sur place et son regard était fixé sur Zeus. Je ne pouvais pas dire si c'était de l'admiration ou de la peur dans ses yeux.

— Elle n'a rien à voir avec ça.

— Oh, Arès. Je pense que si, souffla-t-il en s'avançant vers elle. Elle est intéressante.

La rudesse de son ton disparut, remplacée par un grondement dangereusement bas. La peur en moi grimpa le long de ma poitrine, jusque dans ma gorge.

La dernière chose que je voulais était que Zeus s'en prenne à Bella. Même ses frères n'avaient pas pu le battre, il n'y avait aucun moyen de l'empêcher de la blesser.

Je me déplaçai entre eux, rapidement.

— Seul l'un d'entre nous pourrait être immortel alors que l'autre vit. Vous n'avez pas besoin de vous intéresser à elle, elle n'est liée qu'à moi.

— Il y a beaucoup de prophéties dans ce monde, mon garçon.

Les yeux de Zeus s'emplirent d'électricité violette alors qu'il me regardait.

— J'étais heureux de prendre ton pouvoir et de laisser ta mère trouver un moyen pour que tu le rétablisses. Tu n'étais pas une menace pour moi, ou mes plans, et j'avais espéré que cela garderait Héra occupée. Mais maintenant... Cette femme peut te rendre fort, Arès. Elle a le potentiel de te transformer en quelque chose de bien plus grand que ce que tu es maintenant. Quelque chose de... puissant. Je peux le sentir maintenant que vous êtes ensemble. Je ne peux pas laisser cela arriver.

— Vous avez tort, dis-je, même si je savais la vérité de ses mots au moment où il les disait.

Bella m'avait rendu meilleur, plus fort, plus puissant. Mais pas d'une manière physique.

— Un seul d'entre nous peut être immortel à un moment donné, et cela nous rend faibles. Nous ne sommes pas une menace pour vous.

Cela allait à l'encontre de chaque fibre de mon être de me présenter délibérément comme faible, et je dus forcer les mots à sortir de mes lèvres, mais c'était la seule chose à laquelle je pouvais penser pour garder Bella en sécurité.

— Non, Arès. Si tu apprends à partager ce pouvoir correctement... Ton manque d'immortalité est exactement ce qui te rendra inarrêtable.

Des étincelles mortelles dansèrent dans ses yeux alors qu'il regardait entre Bella et moi, et je crus que mon cœur allait s'arrêter de battre alors que je tombais à genoux. Je n'avais plus d'options.

— Je ne m'opposerai pas à vous, père. Nous ne sommes pas une menace, je le jure.

— Et toi, ma fille ?

Zeus regarda Bella.

— Tu le jures aussi ?

Elle me regarda, puis regarda le dieu géant en face de nous.

— Oui, dit-elle.

Il y eut une longue pause avant que Zeus ne parle.

— Je ne te crois pas. Il y a un esprit indomptable en toi, qui ne peut être écrasé.

— Père, je vous en prie. Si vous m'avez jamais aimé, laissez-la tranquille.

Son pied tapa fort sur les planches et il aboya un rire.

— Aphrodite, viens ici.

La déesse s'avança vers lui, s'assurant de lancer à Bella un regard mauvais.

— Oui, mon Seigneur ?

— Ai-je bien compris qu'en échouant aux Épreuves, vous possédez maintenant le Dieu de la Guerre ?

— Techniquement, les Seigneurs possèdent le Dieu de la Guerre, ronronna-t-elle. Mais nous avons un accord.

— Bien.

Zeus se retourna vers moi. Il y avait la mort dans ses yeux, claire comme le jour.

Je me sentais physiquement malade alors que j'essayais de disparaître. Je savais déjà que ça ne marcherait pas sur ce vaisseau, mais je devais essayer quelque chose. Mon esprit réfléchissait à toute vitesse, frénétiquement, pour trouver un moyen de la sauver.

— Tu sais ce que je pense du meurtre des membres de ma famille, reprit Zeus. Et ta mère ne me pardonnerait jamais. Donc j'ai peur que ma seule option soit de tuer la fille.

— Non !

Je me levai d'un bond, mais il me maintint en place avec sa magie.

— Mon Seigneur, puis-je vous interrompre ?

La voix d'Aphrodite était douce comme de la soie alors que je me débattais contre mes liens invisibles.

— Si vous tuez la fille, Arès obtiendra tous ses pouvoirs.

— Tu marques un bon point, Aphrodite. Laisse-moi arranger ça.

Un éclair s'abattit sur le pont devant Bella et elle recula en titubant. J'essayai de bouger plus fort, à peine capable de respirer, mais l'éclair s'étendit, l'électricité choquant ma peau alors que la vrille de puissance violette m'atteignait. J'entendis le rugissement de douleur s'arracher de ma gorge en même temps que le cri de Bella.

J'essayai de parler, de l'atteindre, mais j'étais cloué sur place par la foudre, mon corps tout entier tremblant sous l'effet de l'électricité qui le traversait.

— Je dirais bien que je suis désolé, mais c'est ce que tu mérites pour m'avoir doublé, fils, entendis-je Zeus dire.

Dans un élan de puissance, l'électricité atteignit mes tripes, et la connexion avec Bella. Je ressentis une déchirure atroce, puis l'électricité s'arrêta, s'épuisant rapidement. Et avec elle, mon accès au pouvoir de Bella.

TRENTE-ET-UN

BELLA

— Non, non, non.

Quand la douleur de l'électricité violette s'estompa, je sus immédiatement que quelque chose n'allait pas. Je pouvais encore sentir Arès dans mon cœur, mais la connexion par laquelle nous partagions mon pouvoir... Elle avait disparu. Un sentiment de vide indescriptible restait à sa place, comme si mon corps savait que quelque chose était censé être là, mais ne savait pas quoi.

— Ne la tue pas !

La voix d'Arès était rauque et j'avais envie d'attraper sa main, mais j'étais retenue là où j'étais par une magie que je savais ne jamais pouvoir dépasser. Alors que je pensais à la force de mon pouvoir, une sensation de précipitation s'installa, comme lorsque Dentro m'avait éloignée d'Arès dans la forêt, mais en plus fort.

La magie de guérison inondait mon corps comme une rivière en furie, effaçant toute trace de fatigue et de douleur de chaque cellule. J'avais l'impression que mes muscles grandissaient, se durcissaient, se remplissaient de force.

Mon pouvoir me revenait, je n'étais plus capable d'atteindre Arès. Et... Et il y avait autre chose. Quelque chose de nouveau. Je cherchai en moi, essayai de comprendre ce qu'était ce sentiment sombre et insidieux.

Terreur.

Je fus frappée par la compréhension. C'était le pouvoir de Terreur. Il avait dû revenir à Arès quand nous avions brisé son corps mortel. Et maintenant, il coulait en moi.

Zeus s'avança, et l'addition de la puissance de Terreur à la mienne perdit brusquement de son importance. J'invoquai une boule de feu, la projetant directement de ma poitrine, aussi fort que je le pouvais, visant le géant devant moi.

Elle s'éteignit avant d'être à un mètre de moi. La masse de puissance qui me tenait en place s'épaissit, m'empêchant de bouger et me serrant de près.

Zeus, Roi des Dieux et divinité toute-puissante, voulait ma mort. Et tout l'esprit et le combat du monde ne pourraient pas me sauver. Arès non plus.

— Je t'aime, dis-je.

J'étais incapable de tourner la tête mais j'étais sûre qu'il saurait que je lui parle.

— Quoi qu'ils nous fassent, je ne regretterai jamais de t'avoir trouvé.

— Bella, n'abandonne pas.

— Jamais, dis-je. Je voulais juste que tu le saches.

Je m'attendais à ce que mon cœur s'emballe, que mon estomac soit rempli de papillons, que la peur me dévore. Mais un calme étrange s'était installé en moi.

Si je tombais, j'emmènerais un dieu avec moi.

— Je t'aime aussi.

Une vague d'émotion accompagna ses mots, et le chagrin de ne pas pouvoir sentir son contact, embrasser ses lèvres ou entendre sa voix pendant une longue et heureuse vie gonfla en moi.

Ce n'est pas encore fini.

— Avez-vous fini vos adieux ? explosa Zeus.

Je pris une profonde inspiration.

— Je suis morte plus d'une centaine de fois, dis-je, aussi fort que je le pouvais. Qu'est-ce qu'une mort de plus ?

Le dieu massif pencha la tête vers moi.

— Je comprends ton affection pour elle, dit-il à Arès.

— S'il vous plaît, père, râla-t-il.

C'était la distraction dont j'avais besoin. Une boule de feu trois fois plus grosse que la première jaillit de ma poitrine. Mais je ne visais pas Zeus cette fois.

Elle s'écrasa sur Aphrodite avant même qu'elle ne s'en rende compte, telle était la vitesse de mon pouvoir retrouvé. Des cris retentirent dans l'air alors que sa robe prenait feu. Zeus claqua des doigts, mon brasier s'éteignit instantanément.

— Tu devrais faire plus attention, Aphrodite, la réprimanda-t-il.

Je vis que la peau de son beau visage était carbonisée et boursouflée, avant qu'elle ne commence à se réparer. Mais cela ne masquait pas la fureur.

— Il est temps pour elle de mourir, grogna-t-elle.

Une robe noire s'enroulait autour de son corps, sortie de nulle part, pour remplacer celle que je venais de réduire en cendres.

— En effet.

Le tonnerre grondait et les éclairs brillaient.

La foudre turquoise.

Je vis la confusion traverser le visage massif de Zeus pendant une fraction de seconde, avant que Héra n'apparaisse sur le pont du vaisseau. Elle était aussi grande que Zeus, et la rage sur son visage rivalisait avec celle d'Aphrodite.

— Tu oses interférer avec des liens aussi anciens ? Tu oses ruiner la vie de notre fils ?

La déesse avança vers Zeus, devenant encore plus grande. Mon propre souffle se coupa. Elle était magnifique, une centrale électrique à la peau sombre, aux soies turquoise et à l'aura aussi intense que celle de Zeus. Je voulais *être* Héra à ce moment-là.

— J'ai dépensé chaque goutte d'énergie que je possède pour te protéger de ta propre idiotie ces derniers mois, mais maintenant tu as été trop loin !

Les yeux de Zeus s'assombrirent et il lança un regard noir à sa femme.

— Tu ne sais pas ce que tu m'empêches de faire. Libère ton emprise sur moi et laisse-moi continuer à reconstruire notre monde.

Héra émit un rire sans humour.

— Zeus, je suis la seule Olympienne qui ait un quelconque contrôle sur toi. C'est ce que font mes liens. Ils lient deux personnes. Je suis aussi liée à toi que tu l'es à moi. Je ne te laisserai pas faire ces erreurs. Et je ne te laisserai pas tuer une partie de l'âme de notre fils.

— Cette fille pourrait causer notre perte, siffla Zeus.

— Je m'en fiche. Tu es allé trop loin.

Ils étaient nez à nez maintenant, et je retenais mon souffle en les regardant. Ma jambe tressaillit à l'endroit où mon genou rencontrait les planches dures, et je réalisai que je pouvais à nouveau bouger. Je tournai la tête, très lentement, pour voir Arès à quelques mètres de moi.

— Épouse, laisse-moi ! rugit Zeus.

— Pas cette fois, mon mari, répondit Héra.

Et aussi rapide que l'éclair, elle prit son visage entre ses mains. Il y eut un grand bruit, un flash de lumière violette et turquoise, et ils avaient disparu.

Je tombai sur mes mains alors que les restes d'énergie qui me maintenaient en place disparaissaient avec eux. La force pulsa dans tout mon corps, et je fus sur mes pieds en quelques secondes. Personne n'aurait pu savoir qu'à peine quelques heures auparavant, la blessure à la cuisse était sur le point de me tuer. Je me sentais invincible.

Aphrodite fixait l'espace que Zeus avait occupé il y avait une seconde et la rage me prit dans son étau, l'instinct et la puissance prenant le dessus. Je pouvais encore sentir la magie m'envahir, comme si mon corps était son refuge maintenant qu'elle ne pouvait plus atteindre Arès.

— Que vas-tu faire maintenant qu'il est parti, Aphrodite ? sifflai-je.

Ma voix ne ressemblait pas à la mienne.

— Je n'ai pas besoin de Zeus pour mener mes batailles, dit-elle.

Je pouvais lire l'incertitude dans ses yeux.

— Douleur ! Panique ! appela-t-elle.

— Ahhh, donc tu as besoin de gens qui ont le pouvoir de la Guerre à la place, dis-je en plissant les yeux.

Je savais qu'ils seraient brûlants. Je pouvais sentir la chaleur se dégager de moi alors que mon corps commençait à gonfler, pour accueillir l'énergie massive qui circulait dans mes membres.

— Parce que tu es trop pathétique pour me combattre.

— Je ne suis pas assez vulgaire pour me battre avec mes poings.

— Non. Tu te bats avec des mots cruels et des manipulations malveillantes, dit Arès avant que je puisse répondre.

Il était debout, et bien qu'il soit grand et solide dans son armure, il n'avait aucune lueur, aucune aura de pouvoir autour de lui. Je croisai son regard brièvement, et je projetai autant d'amour et de confiance que possible dans mes yeux. Je sentis le lien entre nos âmes s'enflammer, et je sus qu'il avait reçu mon message.

Nous chercherons un moyen de lui rendre son pouvoir dès que possible, mais pour le moment, nous avions une guerre à gagner.

Ensemble, nous avons fait un pas vers Aphrodite, tandis que les Seigneurs se déplaçaient à ses côtés.

— Je n'ai pas du tout besoin de vous combattre, cracha-t-elle. Pas quand j'ai une petite armée pour le faire à ma place.

Elle tendit ses mains et elles brillèrent de mille feux.

— Tu as été convoqué, l'affreux, dit-elle à voix haute.

Le froid s'abattit sur le vaisseau et les ombres commencèrent à ramper sur le pont. Je reconnus cette sensation immédiatement. C'était le démon des Enfers.

BELLA

Les Seigneurs se déployèrent de part et d'autre d'Aphrodite, des sourires cruels déformant leurs beaux visages.

Je scrutai rapidement le ciel qui s'assombrissait à la recherche de Dentro, mais le dragon n'était nulle part. La température baissait encore et la lumière des voiles diminuait à mesure que les ombres s'étendaient.

Je savais ce qui allait arriver.

Levant ma main en même temps qu'Aphrodite baissait la sienne, j'érigeai un dôme autour d'Arès. Physiquement, il était extrêmement fort, mais il était impuissant contre les Seigneurs, Aphrodite et le démon. L'idée qu'il puisse perdre son âme provoqua une nouvelle vague de colère qui m'envahit.

Douleur avança soudainement, et je pris conscience d'une sensation qui remontait le long de mes jambes à partir des planches. Il ne fallut pas longtemps pour que la sensation s'aggrave, et que la douleur commence à provoquer des spasmes dans mes muscles encore en pleine croissance. J'utilisai ma magie pour faire disparaître la sensation, et je ne réalisai que lorsqu'Arès grogna de douleur que le bouclier que j'avais mis autour de lui était attaqué, la magie de Douleur pouvant l'atteindre à travers lui.

J'injectai plus de puissance dans le bouclier, mais dès que je le fis, la douleur dans mon propre corps revint, assez forte pour faire plier un genou.

J'entendis Aphrodite rire alors que je serrais les dents contre l'agonie croissante.

— À toi, Panique, roucoula-t-elle.

Instantanément, les ombres s'allongèrent, et le souvenir de ma dernière rencontre avec la démone Kérès surgit dans mon esprit. *Tu ne peux pas la vaincre. Les épées ne marchent pas, la force ne marche pas, le feu ne marche pas. Tu ne peux pas la vaincre, petite déesse inutile.*

La voix chantait dans mon esprit, permettant à la panique de siphonner ma confiance, lui permettant d'empoisonner mon pouvoir alors qu'il coulait dans mes veines.

Je sentis le bouclier s'affaiblir à mesure que les vagues d'agonie augmentaient, et mon autre jambe se déroba.

— Laisse le bouclier, combats-les, s'étouffa Arès.

— Je ne peux pas ! Et si le démon arrive ? Je ne veux pas risquer de perdre ton âme.

— Tu ne peux pas me défendre et te battre, Bella. Et tu dois te battre.

Un grognement félin me fit me retourner et j'eus le souffle coupé lorsque Zeeva sauta de la porte du pont arrière le plus proche. Elle était énorme et mortelle dans sa forme de sphinx, se déplaçant avec une grâce surnaturelle. Je n'avais jamais été aussi heureuse de la voir.

Encore mieux, elle tenait mon casque et mon épée dans sa bouche massive.

— Zeeva, tu es une sacrée légende, soufflai-je.

Elle balançait la tête en courant, les envoyant rebondir sur les planches vers moi. Je tendis le bras, arrêtant le casque avec mon genou et ramassant *Ischyros*. La chaleur se précipita dans ma paume alors que l'épée ronronnait joyeusement.

— *Je sais,* répondit le chat.

Puis elle se jeta sur Douleur.

Le Seigneur hurla lorsqu'elle entra en contact avec lui, et l'agonie qui me faisait perdre mes jambes disparut. Aphrodite trébucha en arrière, s'écartant de Zeeva alors qu'elle sifflait et grognait, frappant Douleur avec son énorme patte.

Je sautai sur mes pieds, puis Arès se leva aussi et courut vers moi.

Nos mains se prirent l'une l'autre, nos doigts s'entrelacèrent et il écrasa ses lèvres sur les miennes. Pendant la plus brève seconde de bonheur, la lutte s'évanouit dans la joie d'un moment que je craignais de ne jamais revivre. Mais il se retira trop tôt.

— Bella, tu dois te battre, quoi qu'il m'arrive. Tu as tout le pouvoir maintenant, et tu es à pleine puissance. Tu es une vraie déesse. Tu peux gagner.

— Je ne les laisserai pas te faire du mal.

— Laisse le pouvoir prendre le dessus, Bella. Embrasse qui tu es vraiment. Tu es le Titan Enyo, Déesse de la Guerre.

— Je ne sais pas qui c'est. Je ne sais même plus qui je suis si je ne t'ai pas.

Je sentais ma peur du démon se répandre sur moi, obscurcissant mes pensées.

— Je ne peux pas perdre ton âme. Je ne sais pas comment l'arrêter, elle n'est pas faite de chair et d'os.

— Alors ne deviens pas Enyo.

Arès prit mon visage dans sa paume et j'entendis Aphrodite hurler à nouveau pour appeler le démon.

— Deviens *Bella*, Déesse de la Guerre. Tu as tout ton pouvoir. Tu as en toi la capacité de commander les Seigneurs de la Guerre. Tu as entendu ce que Zeus a dit. Il te craignait, Bella, le Roi des Dieux lui-même. Tu es puissante. Tu vas gagner.

Un froid glacial souffla sur le pont alors que ses mots brisaient le mur de doute qui avait été érigé entre moi et la puissance presque débordante qui était en moi.

J'étais puissante. Je savais que c'était vrai, la rage en moi devenait difficile à contenir, une tornade d'énergie brutale.

Un horrible gémissement aigu nous survola, me donnant envie de me boucher les oreilles. Au lieu de cela, je pressai mes lèvres contre celles d'Arès, puis je fis un pas en arrière et soulevai mon casque. En prenant une grande inspiration, je le fis glisser sur ma tête.

Je soulevai Ischyros.

Je vais gagner. Arès y croyait. Et maintenant, je devais le faire.

Je devais embrasser qui j'étais. Je devais devenir la Déesse de la Guerre. Mais pas Enyo. Je n'avais que faire d'une ancienne version de moi que je n'avais jamais connue. J'avais besoin d'être ce que j'avais fait de moi-même, la même femme qui était revenue plus forte de toutes ses existences misérables. La même femme dont Arès était tombé amoureux.

Je sentis ma colonne vertébrale se redresser, et mon sang couler plus chaud dans mes veines.

J'étais Bella, et j'étais une sacrée déesse.

TRENTE-TROIS

BELLA

La démone Kérès fit irruption sur le pont dans une vague de fumée noire si épaisse que je pouvais à peine voir à travers. Les Seigneurs et l'Aphrodite disparurent dans la brume, tandis que l'odeur du sang et de la chair pourrie envahissait mes narines.

— Tu es revenue, celle qui sent bon. Et maintenant ton parfum est encore plus fort.

La voix du démon fit dresser tous les poils de mon corps, comme des ongles sur un tableau noir.

— Je suis ici pour te renvoyer en enfer, grognai-je en levant mon épée. J'en ai marre des déesses folles et des démons suceurs d'âme qui essaient de blesser les gens que j'aime. Ça se termine maintenant.

Je saisis la poignée de mon épée à deux mains et la tins bien haut, comme je m'étais vue le faire à cheval dans les visions quand j'étais dans la robe violette.

Comme les pièces d'un puzzle perdues depuis long-temps qui se remettaient en place, la vision prit soudain du sens. Je savais exactement ce que je voyais alors que je fermais les yeux et que je me laissais envahir. L'odeur de la terre herbeuse, le rugissement du chant de bataille de mon armée, le battement des tambours, le son des sabots martelant le sol.

C'était une de mes vies antérieures. Une où j'avais gagné le plus grand honneur de tous. Une vie où j'étais féroce, forte et sage et où j'avais mené mon peuple à la victoire.

Arès avait raison. Je pouvais commander le pouvoir de la Guerre. J'étais *née* pour commander le pouvoir de la Guerre.

Lorsque j'ouvris les yeux, la lumière dorée se déversa de mon corps en rivières, et un frisson comme je n'en avais jamais ressenti m'envahit tandis que je regardais. L'armée de ma vision, des centaines d'hommes et de femmes bien musclés, à cheval, mesurant à peine un demi-pied, galopaient le long des faisceaux de lumière, leurs épées et leurs haches levées en l'air comme la mienne. La démone hurla lorsque la lumière l'atteignit et commença à s'enrouler autour de sa forme grotesque comme s'il s'agissait d'un lasso, chevauchée par une vague infinie de guerriers. L'air était rempli du chant de l'armée et du bruit des sabots.

Je poussai mon propre cri de guerre et la puissance jaillit de mon centre, la lumière continuant à se déverser de ma poitrine et les cavaliers intrépides se frayant un chemin vers leur ennemie, augmentant leur taille à mesure qu'ils l'atteignaient. En quelques instants, une tornade de lumière dorée tourbillonnait autour du démon, et je vis des éclairs d'armes, de têtes de chevaux et de visages peints parmi l'or tandis qu'ils galopaient autour d'elle, les battements de tambour résonnant bruyamment.

Quelque chose me frappa et je titubai.

— Zeeva !

C'était le sphinx qui m'avait frappée, et tandis que j'avais réussi à rester sur mes pieds, elle avait glissé sur les planches. Elle montrait ses crocs, un sifflement terrible s'échappant d'elle alors qu'elle se relevait d'un bond.

Elle cria :

— Ce Seigneur va mourir !

Et avant que je puisse dire autre chose, elle s'élança dans la fumée qui recouvrait le pont comme un brouillard.

— Bella, elle a mon pouvoir !

La voix d'Arès résonna dans ma tête et je fermai les yeux pour me concentrer.

La démone avait le pouvoir d'Arès. Je devais le récupérer.

— Ton pouvoir est parti, petit chiot pathétique.

Aphrodite traversa la fumée, brillant d'un éclat fuchsia. Mais elle mentait. Le pouvoir d'Arès était là, je pouvais le sentir émaner du démon. Pourquoi ne l'utilisait-elle pas ?

Faisant appel à toute la concentration dont je pouvais disposer, je me lançai dans l'espace sombre qu'Arès m'avait appris à atteindre lorsque je cherchais Hippolyta via sa magie de Guerre.

Tout s'arrêta lorsque je me retrouvai dans le néant, avec une colonne de lumière rouge et or devant moi, entourée de mon armée. Les formes brillantes et scintillantes de Douleur et Panique étaient là aussi, ainsi qu'un certain nombre de lumières moins brillantes au loin, mais elles étaient toutes éclipsées par le phare du pouvoir d'Arès, contenu dans le démon.

— Démone Kérès ! Libère le Pouvoir de la Guerre, maintenant ! Rends-le à son propriétaire légitime !

Je criai ces mots sans vraiment espérer qu'ils aient un quelconque effet. Je n'avais pas la moindre idée de la façon dont il fallait s'y prendre pour récupérer le pouvoir d'Arès. Tout ce que je savais, c'était que je devais faire quelque chose et que je ne pouvais pas tuer le démon.

Ou pourrais-je ?

La question fit irruption dans ma tête, et il me fallut une seconde pour réaliser que ce n'était pas la mienne. C'était la voix Terreur.

Tu peux la tuer. Zeus a dit que tu étais assez puissante pour être une menace. Bien sûr, tu peux tuer un démon.

— Pourquoi je t'aiderais ?

L'horrible voix de la démone émanait du rayon de puissance d'Arès. J'injectai plus de mon propre pouvoir dans l'anneau de lumière tourbillonnant.

— Ce n'est pas ton pouvoir.

— Je le sais bien.

Sa voix était amère, et tout ce que je savais sur le pouvoir à l'Olympe me passa par la tête. Arès donnait du pouvoir à des hôtes, comme les Seigneurs, pour qu'ils l'utilisent. Mais *il* n'avait pas donné ce pouvoir au démon, quelqu'un d'autre l'avait fait.

— Tu ne peux pas utiliser la magie de Guerre, n'est-ce pas ?

— Je n'en ai pas besoin. Le mien me suffit amplement.

— Alors ça ne te dérange pas si je le reprends.

Je tirai sur mon lien avec Arès, remplissant chaque cellule de lui, appelant son âme vers la mienne. Son pouvoir était une partie de son âme, avait-il dit. Et bien que la connexion dans mes tripes ait disparu, celle dans mon cœur était plus forte que jamais.

Lentement au début, le faisceau de lumière vacilla. Puis, dans un élan de chaleur, il se précipita vers moi, le long de ma propre rivière de lumière dorée.

J'ouvris les yeux et je saisis la main d'Arès, au moment

même où la démone hurlait. Il sursauta à côté de moi, puis ses yeux s'élargirent alors que son pouvoir commençait à se répandre en lui à travers moi.

— Arrêtez ! cria Aphrodite.

Elle se précipita vers nous.

Mais elle arriva trop tard. Comme un chien perdu impatient de retrouver son maître, le pouvoir d'Arès s'était précipité vers lui en un battement de cœur.

L'or jaillit de lui au fur et à mesure qu'il grandissait, sa propre rivière de lumière coulant de son armure étincelante et se fracassant sur Aphrodite. L'armée qui courait le long de sa lumière était composée de fantassins avec des casques comme le sien, des boucliers grecs massifs et des lances mortelles. Les chants de bataille et les cris de mort résonnaient dans l'air, et je sentis ma propre armée répondre, galopant plus vite sur leurs chevaux.

— Arès ! Arès, libère-moi !

Aphrodite criait alors que les guerriers d'or l'entouraient, se transformant en une tornade comme la mienne et la piégeant.

La force surgit en moi quand les yeux d'Arès se fixèrent sur les miens, enflammés.

— On peut la tuer, dis-je, avant même de savoir que j'avais prononcé ces mots. Tous les deux. Nous sommes assez forts ensemble, je peux le sentir.

— Non, Bella. Hadès et Poséidon doivent s'occuper de ça.

Mais une furie brûlante me traversait, elle devait être expulsée.

— Elle a essayé de te tuer. Elle a essayé de nous séparer.

La lumière dorée qui s'échappait de moi était teintée

de rouge. Cela ressemblait un peu à du feu. Je penchai la tête vers elle.

— Ils doivent brûler, dis-je.

Je nageais dans les images d'Aphrodite succombant aux flammes, son visage étant un masque de peur, sa voix une supplique tremblante.

— Bella, c'est le pouvoir de Terreur qui parle. Pas le tien.

— Arès, je veux qu'elle meure.

— Je vais partir !

La voix d'Aphrodite résonna à l'intérieur de sa cage de lumière. Son visage était juste visible à travers l'or qui tournait.

— Tu ne me reverras plus jamais, je te le jure. Laisse-moi partir.

—Mensonges.

Je fis un pas vers elle, ma lumière devenant complète-ment rouge. La démone poussa un cri étouffé, mais je l'en-tendis à peine.

— Tu mens, petite déesse, crachai-je. Démone ! Tu peux prendre des âmes, n'est-ce pas ?

Je ne quittais pas des yeux le regard d'Aphrodite, maintenant rempli de la peur que je voulais tant voir. Je pouvais sentir la puissance de Terreur et le frisson de sa réaction. Et je l'embrassai. Je ne pouvais pas m'en empê-cher. Cette femme avait essayé de tout me prendre. Je ne lui avais fait aucun mal.

Elle avait traité Arès comme un jouet.

— Oui, râla la démone.

— Peux-tu prendre l'âme d'un immortel ?

— Non. Mais... je peux prendre le pouvoir.

La joie jaillit en moi.

— Prends son pouvoir.

— Non ! cria Aphrodite.

— Bella, ce n'est pas toi. C'est l'influence de Terreur.

La voix d'Arès était calme, ses yeux flamboyaient toujours alors qu'il me tournait vers lui.

— Elle mérite de souffrir comme tu as souffert.

— Je suis d'accord, mais nous ne devrions pas être ceux qui infligent les punitions.

— Écoute-le ! Il est sage, s'étouffa Aphrodite.

Le regard d'Arès devint sombre et il se tourna vers elle.

— Tu as passé des siècles à te jouer de moi, Aphrodite. Je n'implore pas la pitié en ton nom parce que tu la mérites.

— Alors pourquoi ? Pourquoi veux-tu lui montrer de la pitié ?

Je pouvais entendre la jalousie dans ma voix. Je sentais mon corps se gonfler alors qu'encore plus de colère se déversait en moi. Je devais me battre. Je devais gagner. Je devais prouver ce dont j'étais capable.

— Parce que tu m'as appris l'importance de l'équité.

— Il est juste qu'elle souffre comme tu as souffert !

La mâchoire d'Arès se contracta.

— Peut-être. Mais tu as la cruauté de Terreur en toi maintenant. N'agis pas selon sa volonté.

— C'est ma propre volonté qui veut la voir payer.

Arès ouvrait la bouche pour répondre quand l'agonie traversa ma colonne vertébrale. Je criai en tombant sur les planches, et Arès se précipita pour me rattraper. Je sentis que ma rivière de lumière était coupée, puis j'entendis la voix de Douleur alors que je m'écroulais.

— Transporte-nous, Aphrodite, maintenant !

— Non !

Je me redressai dans les bras d'Arès, désespérée d'empêcher Aphrodite de s'échapper, mais je me figeai en voyant ce que je voyais.

La démone Kérès avait atteint Aphrodite avant qu'elle ne puisse s'enfuir. Mon estomac se retourna, de la bile monta dans ma gorge alors que la forme du cadavre pourri dominait la belle déesse, la lumière rose se déversant de la poitrine d'Aphrodite dans la bouche béante du démon.

Douleur émit un son étranglé, mais je ne pouvais détacher mes yeux de l'horrible scène qui se déroulait devant moi. Je m'accrochai à Arès, et il me serra fort en retour. Un sentiment d'injustice absolue se répandit en moi, l'idée que mon propre pouvoir me soit arraché comme cela m'était insupportable.

Une véritable compréhension de ce que cela avait dû être pour Arès de se faire voler son pouvoir s'installa en moi.

— Tu... tu avais raison. Ce n'était pas ce que je voulais. C'est tellement injuste.

Arès resta silencieux un moment avant de répondre, la voix sinistre.

— J'allais dire le contraire. Je pense que c'est exactement ce qu'elle mérite. Je ne voulais pas que Terreur te force à faire quelque chose que tu regretterais.

La démone se tourna vers nous soudainement, et Aphrodite s'effondra sur le pont. Un sanglot jaillit d'elle.

— J'ai fait ce que tu as demandé, nouvelle maîtresse. Me laisseras-tu partir maintenant ?

La voix de la démone me rendit encore plus malade, le mal de tête revint instantanément. De la fumée noire se forma autour de nous. Les sanglots d'Aphrodite étaient plus forts.

— Démon Kérès ! Tu vas rentrer avec moi maintenant !

La voix retentit sur le pont, accompagnée d'une vague d'air glacé qui donna à mon corps l'envie de rétrécir et de se cacher. Dans un flash presque aveuglant de lumière bleu vif, Hadès apparut sur le pont.

L'épaisse fumée se dissipa, mais j'étais trop concentrée sur Hadès pour remarquer autre chose. La lumière bleue qui avait accompagné le Dieu des Morts se solidifiait en personnes, tout comme la mienne et celle d'Arès. Dans un même élan, ils assaillirent le démon.

— Maîtresse ! Maîtresse, aidez-moi ! cria la démone.

Et je réalisai avec une autre douleur au ventre qu'elle parlait de moi.

Il y eut un grand bruit, un autre éclair bleu, et Hadès et la démone avaient disparu.

Le ciel s'éclaircit immédiatement, les voiles solaires jetant une lueur chaude sur tout alors qu'elles se remplissaient de lumière.

— Comment...

Je regardai autour de moi, l'esprit épais de la fatigue et de la confusion naissantes.

— Je l'ai appelé lui et Poséidon, dit doucement Arès.

Je me rendis compte en sursaut que le Dieu de la Mer se tenait au-dessus de la forme tordue d'Aphrodite.

— Tu ne peux pas battre Zeus, Poséidon. Il est plus fort que toi et Hadès réunis, dit-elle à travers les larmes.

Je balayai le pont du regard. Douleur était allongé, couvert de sang, avec Zeeva accroupie sur lui, toujours sous forme de sphinx. Panique était recroquevillé contre le mât principal.

— Si tu es de mèche avec mon frère, Aphrodite, alors tu es en guerre avec nous.

La voix de Poséidon était basse et grave.

— J'ai fait mon choix, idiot. C'est le bon choix.

Je devais admettre qu'il y avait du courage dans les mots d'Aphrodite. Un courage dont je ne l'avais pas encore créditée.

— Alors tu ne me laisses pas le choix.

Les menottes apparurent dans les mains du Dieu de la Mer, et un éclair de satisfaction me traversa alors qu'Aphrodite blanchissait, les menottes se mettant magiquement en place sur ses poignets délicats.

— Merci, Enyo, dit Poséidon, avant qu'ils ne disparaissent tous les deux dans son propre flash turquoise.

— C'est Bella, chuchotai-je.

TRENTE-QUATRE

BELLA

— Douleur, Panique, reconnaissez-moi maintenant comme votre créateur et maître. Agenouillez-vous, aboya Arès.

Panique s'agenouilla immédiatement, la peur sur son visage. Douleur se débattit pour se mettre à genoux, mais Zeeva lui donna un coup de patte dès qu'il fut debout, le renvoyant sur les planches avec un grognement.

Désolée. Je n'ai pas pu m'en empêcher, dit-elle.

Arès lui lança un regard, puis reprit la parole.

— Retournez dans vos royaumes et attendez mon jugement. Vous souffrirez pour votre mutinerie. Si vous pensez même à me défier, vous mourrez.

— Oui, maître.

Les deux hommes disparurent et je ne les en blâmai pas. Moi aussi, je voulais sortir de là aussi vite que possible. Arès toucha de nouveau ma joue, et je bus l'émotion sur son visage.

— Tu étais incroyable, dit-il.

— Toi aussi. Je... je suis désolée d'avoir été un peu...

Je laissai ma phrase en suspens.

— La première fois que j'ai dû gérer le pouvoir de Terreur, c'était difficile. Tu as fait mieux que moi.

— Vraiment ?

— Oui. Bella, j'ai vraiment cru que j'allais te perdre. Plus d'une fois.

Doucement, il souleva le casque de ma tête, suivi du sien. Il baissa la tête, son beau visage sérieux à quelques centimètres du mien.

— Je t'aime.

Ses lèvres rencontrèrent les miennes, et ce fut le baiser le plus tendre que nous ayons jamais partagé. Le feu, les tambours et la chaleur mijotaient sous une passion qui allait un million de fois plus loin que mon désir physique pour lui.

Je me pressai contre lui, enroulant mes doigts autour de son cou et l'embrassant plus profondément.

Je t'aime, lui dis-je mentalement. *Je ne pourrais jamais te perdre.*

Il recula, tenant mon visage dans ses deux mains, un regard douloureux dans les yeux.

— Je suis désolé. Je suis tellement, tellement désolé pour ce que je t'ai fait subir.

— N'en parlons pas. C'est fait.

— Je... j'ai mal compris la prophétie. Je pensais que pour être immortel, tu ne devais pas exister. Mais maintenant, je te préférerais à l'immortalité sans hésiter.

— Eh bien, maintenant que tu as retrouvé ton pouvoir, tu n'as pas besoin de faire ce choix.

Son expression s'assombrit, et je sus pourquoi avant qu'il ne parle.

— Je me sentais vivant quand je partageais ma mortalité avec toi.

— Je sais. Je ne veux pas vraiment ça non plus. Mais c'est mieux que le fait de vivre sans l'autre.

— C'est vrai.

Je me mis sur la pointe des pieds pour l'embrasser à nouveau.

— Que va-t-il leur arriver ? demandai-je, quand je me suis éloignée.

— Aphrodite sera prisonnière et la démone sera remise aux soins d'Hadès.

— Je ne vais pas mentir, j'aime bien l'idée qu'elle soit prisonnière. Mais qu'en est-il de son pouvoir ?

Arès haussa les épaules, le métal de son armure se déplaçant contre moi. Je jetai un coup d'œil vers le bas, remarquant que nous étions tous les deux encore rayonnants.

— Je suis sûr que Poséidon prendra la bonne décision.

— Et les âmes que la démone Kérès a prises ?

— Hadès tiendra sa promesse de les rendre, j'en suis certain.

Je hochai la tête, le soulagement m'envahissant comme une vague. C'était terminé. Plus d'épreuves, Joshua était en sécurité et, surtout, Arès et moi étions ensemble.

— Arès, on peut rentrer à la maison maintenant ?

— Bien sûr. Je pense que j'aimerais un peu de cette boisson bizarre que tu aimes tant. Comment ça s'appelle déjà ?

— Tequila, lui répondis-je en souriant.

— Oui. Tequila.

— On peut en boire tout nu ?

— Je ne voudrais pas qu'il en soit autrement.

— Je suis désolé de vous interrompre, dit une voix grave.

L'odeur de l'océan m'envahit et je me tournai en même temps qu'Arès.

— Océanus, souffla-t-il.

Nous nous inclinâmes tous deux devant l'ancien Titan, qui semblait sortir des voiles solaires brillantes et descendre sur le pont, comme s'il était sur un escalier invisible.

— Il semble que vous ayez accompli votre tâche, gronda-t-il.

Il portait une toge d'aspect usé, sans chaussures, et ses cheveux gris étaient attachés en arrière de son visage bronzé. Encore une fois, il ne ressemblait en rien à ce que j'attendais du dieu le plus puissant de l'Olympe. Il ressemblait à un pêcheur âgé et sexy à une soirée toge.

— J'ai retrouvé mon pouvoir, Océanus. Je n'ai plus besoin de ton offre pour le Trident.

Les yeux bleus d'Océanus brillèrent.

— J'ai été impressionné par ton engagement à prouver que tu es un dieu digne, Arès.

Il se raidit à côté de moi.

— Merci, murmura-t-il.

— Y a-t-il autre chose que je puisse t'offrir, à la place du Trident ?

L'excitation me traversa, et quand Arès me regarda, je sus qu'il pensait la même chose.

— La connexion que Zeus a détruite, dis-je, mon visage se fendant d'un sourire.

Océanus pencha la tête.

— Celle qui vous a permis de partager votre pouvoir ? Qui vous a rendu tous les deux mortels ?

— Oui. Celui-là.

Arès hocha la tête.

— Peux-tu le restaurer ?

— Oui, mais… cela voudrait dire retirer le pouvoir que vous venez de regagner. Est-ce vraiment ce que vous me demandez de faire ?

Arès saisit ma main, me tournant vers lui.

— Bella, es-tu sûre de vouloir partager le pouvoir à nouveau ? Nous pouvons être immortels pour l'éternité comme cela, tous les deux de vrais dieux avec la pleine force des Olympiens.

— Je ne veux pas être immortelle pour l'éternité ! Je veux vivre ma vie comme si elle signifiait quelque chose, en partageant chaque expérience avec toi.

Et c'était vrai. Plus on passait de temps ensemble, plus j'aimais partager mon pouvoir avec Arès. Le sentiment de tiraillement dans mes tripes, la façon dont il déversait son pouvoir de guérison en moi quand j'en avais besoin… C'était tellement bien, d'une certaine façon.

— Moi aussi. Je ne veux pas de la vie que j'avais avant toi. Je veux ce sur quoi tu m'as ouvert les yeux. Je veux apprendre ce que font toutes ces émotions ridicules, et ressentir le frisson de la prise de risques.

Ses yeux dansaient d'excitation pendant qu'il parlait.

— Alors la décision est prise, lui lançai-je.

Mon estomac faisait des sauts périlleux alors que nous nous retournions vers Océanus.

— Nous aimerions partager à nouveau le pouvoir d'un seul dieu. Peu importe que ce soit le mien ou celui de Bella. Tant que c'est comme avant.

Le visage sage d'Océanus se détendit avec un sourire.

— Votre décision me fait plaisir. Je voudrais vous offrir un cadeau à tous les deux.

Un petit bracelet apparut à mon poignet, et Arès tendit son bras, un bracelet similaire était là, beaucoup plus grand. Ils étaient faits de ficelle, et trois petites perles de mer étaient enfilées sur le bracelet.

— Ils ne vous rendront pas immortels mais ils vous empêcheront de vieillir. L'Olympe a besoin d'un Dieu ou d'une Déesse de la Guerre ; on ne peut pas se permettre que vous mourriez dans cinquante ans.

Mon regard passa du bracelet à Océanus.

— Donc nous vivrons éternellement tant que nous ne sommes pas tués au combat ?

— Oui. Vous pouvez toujours être tués par n'importe quoi, sauf par la vieillesse.

— Merci, dit Arès, la sincérité frôlant la révérence dans sa voix.

Océanus gloussa.

— Je n'ai jamais entendu une telle gratitude pour avoir la capacité d'être tué.

Il secoua la tête.

Avec un geste de sa main, je sentis un picotement se répandre dans mon estomac, puis un rire s'échappa de mes lèvres lorsque je sentis la connexion se remettre en place. Arès m'attira contre lui, m'embrassant joyeusement alors que les vagues d'énergie qui me traversaient diminuaient, le puits de chaleur sous mes côtes se réduisant. Puis je sentis le tiraillement familier de ce qui restait de notre pouvoir entre nous, se stabilisant.

Notre pouvoir. Pas le mien, pas celui d'Arès. Le nôtre.

TRENTE-CINQ

— J'aurais préféré que tu ne me fasses pas venir ici, grommela Arès.

Je roulai des yeux mais je ne me retournai pas pour le regarder.

— Tu sais exactement pourquoi tu es ici. Parce que je ne me fais pas encore confiance pour aller jusqu'au monde des mortels.

— Eh bien, dépêche-toi. L'annonce concernant les arènes de combat est pour bientôt.

Arès boudait parce que j'avais insisté pour voir de mes propres yeux que Joshua était en sécurité. En réalité, je voulais qu'il soit là parce que je savais qu'il nourrissait une certaine jalousie à l'égard de mon ancien béguin et je pensais qu'il s'inquiéterait moins s'il était là lui aussi.

J'observai Joshua à travers la fenêtre de son bureau, masqué par mon bouclier. Il parlait avec animation à un patient, et pour autant que je sache, il n'avait aucune idée que j'étais près de lui. Ou même que j'existais, et encore moins que j'avais sauvé son âme.

Hadès avait tenu sa parole, rendant toutes les âmes

que la démone avait volées. De nombreux hôtes mortels avaient été tués, mais le bras droit d'Hadès, Hécate, avait utilisé une sorte de magie pour les recréer, et un dieu appelé Hypnos, qui travaillait également pour Hadès, avait aidé à réinitialiser la mémoire de leurs proches. Je ne connaissais pas tous les détails, mais Perséphone m'avait assuré que mes inquiétudes concernant les zombies n'étaient pas fondées. Il s'agissait de créer de nouveaux corps, et de réinsérer les âmes, avec tous leurs souvenirs. Joshua était toujours Joshua, mais dans un tout nouveau corps qui ressemblait à l'ancien.

Le pouvoir que les dieux avaient sur le monde que j'avais appelé ma maison était légèrement écrasant, mais j'avais un long moment pour m'y habituer. Pour toujours, si je parvenais à ne pas me faire tuer.

— J'ai terminé. Je voulais juste vérifier que j'avais fait ce que j'avais prévu de faire, dis-je en me tournant vers Arès. Qui était de sauver mon ami.

J'insistai sur *ami*, mais il me regardait toujours d'un air renfrogné.

— De la façon dont je m'en souviens, tu as fait ça pour m'embêter.

— Alors il semble que j'ai réussi deux fois aujourd'hui.

Il me jeta un regard, puis me rapprocha de lui, balayant mes cheveux en dehors de mon visage tandis qu'il me fixait.

— Tu peux m'ennuyer tous les jours pour l'éternité, si ça te rend heureuse, dit-il doucement.

— Alors je le ferai, lui répondis-je en souriant. Mais pour l'instant, nous devons y aller. Ton annonce arrive bientôt.

Arès nous renvoya sur le pont de son vaisseau, et je fis

un demi-saut jusqu'à la balustrade. Nous étions en vol stationnaire juste au-dessus du centre de la plus grande arène de combat de son royaume. Les gens commençaient à remplir les rangées de sièges, et l'excitation me gagnait.

Arès avait dû s'occuper d'un tas de problèmes après les Épreuves. Le premier et le plus important était de trouver Éris, mais nous n'avions rien trouvé. Pendant qu'Hadès réparait les dégâts causés par la démone et rétablissait les Gardiens, nous avions ratissé chaque centimètre carré du royaume des mortels avec l'aide de Perséphone. Mais nous n'avions pu trouver une seule trace de la Déesse du Chaos. Tout ce que nous pouvions faire, c'était espérer que Poséidon réussisse à convaincre Aphrodite de nous dire ce qu'elle avait fait.

À contrecœur, Arès avait décidé de réparer son propre royaume. Et cela signifiait trouver un nouvel hôte pour Terreur. J'avais rencontré tous les candidats avec lui, et Arès avait fait en sorte que j'aie mon mot à dire dans la décision finale. Je ne faisais pas du tout confiance à l'hybride harpie que nous avions choisie, mais j'étais sûre qu'elle serait capable de contenir l'esprit de Terreur pendant un certain temps au moins.

Maintenant, Arès devait prouver à son royaume qu'il était toujours aussi fort et puissant que le Dieu qui l'avait gouverné pendant des siècles, et qu'il méritait toujours leur respect.

Et je l'avais convaincu que la meilleure façon de le faire était une tournée. Juste après l'annonce qu'il devait faire, nous mettrions les voiles pour un tour complet de son royaume, et nous nous arrêterions dans chaque royaume, pour prouver à quel point nous étions forts et dignes de respect. J'étais tellement excitée que ma tête me faisait mal quand j'y pensais trop.

Bonne chance pour aujourd'hui, féroce. Je dois retourner auprès de mes frères maintenant.

J'entendis la voix de Dentro dans ma tête et je scrutai les cieux au-dessus de moi. Un petit point au loin s'envola en réponse.

Merci pour tout, Dentro. Passe quand tu veux.

Je suis désolé de ne pas avoir pu aider sur le vaisseau.

Tu as amené Arès pour moi. C'était tout ce dont j'avais besoin. Tu n'aurais pas pu faire plus pour m'aider.

Au revoir, pour le moment, Bella.

Au revoir, Dentro. Amuse-toi bien.

Je l'entendis glousser alors que le point au loin disparaissait de ma vue.

Ma tristesse de voir mon ami dragon partir était considérablement tempérée par le fait que mon amie chat n'était allée nulle part. Zeeva s'était inquiétée d'avoir enfreint les règles strictes d'Héra en se transformant et en me sauvant pratiquement la vie sur le vaisseau d'Aphrodite, mais elle avait reçu un message de sa maîtresse peu après. Héra n'avait rien dit sur l'endroit où elle et Zeus se trouvaient, seulement qu'elle avait envoyé un message à Hadès, et que Zeeva était libérée de ses fonctions jusqu'à ce qu'Héra puisse revenir.

Et à ma grande joie, Zeeva avait décidé de rester avec moi, sur le vaisseau d'Arès. Je savais qu'elle m'aimait vraiment.

— Tu es prête ? me demanda Arès, alors que je sortais de la chambre vingt minutes plus tard.

Je portais une armure complète, un casque et tout, comme Arès.

— Prête à tout, lui répondis-je.

Il secoua la tête, mais ses yeux souriaient derrière le casque.

— Bien. En avant.

Le navire s'enfonça dans l'arène de combat alors que nous nous dirigions vers le pont, de sorte que nous étions au même niveau que les sièges des spectateurs qui entouraient le stade, maintenant remplis. Ensemble, nous grandîmes, ne nous arrêtant qu'après avoir atteint une taille de six mètres, et que tout le monde dans la fosse puisse nous voir clairement. Le silence nous accueillit et mon estomac se mit à bouillonner d'impatience.

— Citoyens de mon royaume, hurla Arès.

Et le lien dans mes tripes se distendit alors qu'il puisait de l'énergie pour amplifier sa voix.

— À partir de ce jour, aucun homme, femme ou créature ne pourra se battre contre sa volonté à Aries.

Instantanément, la foule laissa échapper un bourdonnement collectif de surprise.

— Les prix des combats seront importants et gratifiants, et seuls ceux qui le souhaitent pourront y concourir. La peine pour avoir enfreint cette nouvelle loi est la mort. Combattez et soyez victorieux !

Une acclamation s'éleva, silencieuse au début, mais plus forte à mesure qu'elle prenait de l'ampleur. Les citoyens du royaume le plus dangereux de l'Olympe étaient des gens d'un genre particulier, brutaux, durs et féroces. J'avais hâte de les rencontrer. Je rayonnai derrière mon casque.

— Maintenant, nous allons faire le tour d'Aries. Nous espérons voir beaucoup d'entre vous lors de nos voyages. Bonne chance à vous tous.

Le vaisseau bougea, nous soulevant rapidement dans les nuages, et je retirai mon casque. Arès fit de même.

— Où veux-tu aller en premier ? demanda-t-il.

Le feu dansait dans ses beaux yeux, sa peau brillait d'or.

— Partout. Mais on devrait peut-être commencer par la chambre.

— Je t'aime, ma déesse dorée.

— Et je t'aime, mon dieu guerrier.

FIN
Pour l'instant...
Lisez la suite pour l'épilogue et découvrir quel dieu sera
au cœur de la prochaine histoire.

ÉPILOGUE

— Rendez-moi mon pouvoir ! cria Aphrodite de l'autre côté de la grande porte en bois.

Je fermai les yeux et pris une profonde inspiration.

— Non. Pas avant que tu nous dises ce que Zeus prépare.

En vérité, je n'aimerais rien de plus que de lui rendre son pouvoir d'amour maudit. Je regardai mon trident d'un air renfrogné. Entre nous, Hadès et moi avions réussi à retirer son pouvoir à la démone rebelle et à le stocker dans mon arme. L'arme qui était une partie, littéralement, de mon âme.

Je pouvais empêcher son pouvoir d'affecter le mien, mais sa présence tumultueuse constante était une distraction dont je pouvais me passer.

— Bien. Je vais te le dire. Poséidon, ouvre la porte.

Mes sourcils se levèrent à ses mots. Elle était retenue dans une belle pièce de mon propre palais, mais je savais qu'elle ne tiendrait pas longtemps sans son pouvoir. Elle céderait et nous dirait ce que nous avions besoin de savoir.

Mais je ne m'attendais pas à ce qu'elle cède si vite.

J'ouvris la porte de sa chambre lentement.

Ses yeux se fixèrent sur les miens. Même sans son pouvoir, elle était belle. Ses cheveux étaient d'un noir riche, sa peau pâle comme la neige. Ses yeux étaient rouges de pleurs et je réprimai un sentiment de culpabilité. Elle avait fait vivre un enfer à Arès et Bella, tout ça pour se divertir. Il ne fallait pas lui faire confiance.

Elle se jeta sur le Trident avant que je puisse comprendre ce qu'elle faisait. Me maudissant de m'être laissé distraire, je tirai sur l'arme, mais son petit poing s'était refermé sur elle.

— Je te maudis, petit dieu de la mer, grogna-t-elle.

Et une lumière fuchsia explosa du trident. Je me servis de mon pouvoir colossal, lui arrachant l'arme et lui claquant la porte au nez.

— Aphrodite, tu ne peux pas gagner ça ! Arrête de te battre avec moi et dis-nous ce que nous voulons savoir ! hurlai-je à travers la porte, incapable de contenir ma colère.

De l'eau glacée jaillit de mes pieds, tourbillonnant autour de mon corps et frappant le bois.

— Trop tard, Poséidon ! Pourquoi ne vas-tu pas voir ta jolie femme ?

Mon cœur s'arrêta de battre dans ma poitrine.

— Si tu as fait quoi que ce soit pour nuire à ma femme...

Je ne terminai pas la phrase, je me précipitai dans le couloir, les rires d'Aphrodite diminuant derrière moi.

Si un seul cheveu sur la tête d'Almi n'était pas à sa place, je tuerais la déesse de l'amour de mes propres mains.

MERCI DE M'AVOIR LUE !

Merci beaucoup d'avoir lu *Le Dieu doré*, j'espère que vous l'avez apprécié ! Si c'est le cas, je vous serais éternellement reconnaissante de laisser une critique ! Elles sont d'une aide précieuse ; il suffit de cliquer ici et de laisser quelques mots, et vous me rendrez heureuse :)

L'histoire de Bella et Arès a été tellement amusante à écrire. Ils ont vraiment mené la danse dans cette série. D'habitude, je planifie mes histoires avec soin, mais plus j'écrivais sur ces deux-là, plus il se passait des choses auxquelles je ne m'attendais pas. Comme Dentro par exemple – il n'était pas censé être dans l'histoire ! C'était un plaisir de vivre cette aventure avec ses dieux de la guerre, grossiers, volages et adorables, et j'espère vraiment que vous avez pris autant de plaisir à la lire que moi à l'écrire :D

Je dois remercier ma mère, mon mari et mon éditeur – je ne pourrais vraiment pas faire le travail que j'aime sans vous – MERCI.

Et encore plus, je veux *vous* remercier de m'avoir lue.

Honnêtement, je n'arrive pas à croire que je viens de taper le mot FIN de mon treizième livre, et c'est parce que vous êtes tellement extraordinaires. Chaque page que vous lisez me permet d'écrire davantage et je vous en suis très reconnaissante.

Et je promets de continuer à raconter des histoires !

xxxxx